# 나는 왜 남의 눈치만 보고 살았을까?

나는 왜
남의 눈치만
보고 살았을까?
최리나 지음
모모북스

Prologue

# 이 책을 읽고 난 후, 있는 그대로의 당신을 사랑할 수 있게 되길 바랍니다

나는 전형적인 K-장녀이고, 부모님께 인정 한 번 받고자 평생 미친듯이 노력하며 삶을 살아왔다. 그런데 불운하게 두 번의 이혼을 겪게 되었다. 요새 이혼은 흠이 아니라고 하지만 과연 두 번 이혼한 삶도 흠이 아니라고 생각할까?

나는 45세가 되기까지 참으로 버라이어티한 삶을 살아왔다. 치유 에세이로 첫 책을 내게 되었는데, 사실 투고 후 많은 분들에게 읽힐 수 있을까 걱정을 안고 있었다. 우리 모두는 고된 하루살이를 하고 있기에 굳이 '남의 힘든 이야기'까지 돈 주고 사서 볼 것 같지 않았기 때문이다.

출판사 대표님이 "작가님, 이야기가 너무 무겁네요."라고 하셨다. 난 "네. 근데 그게 제 삶인걸요. 있는 그대로의 제 이야기로 독자들이 위로받기를 바라요."라고 답했다.

치유 에세이라고 하면 왠지 큰 아픔 있는 사람이 꼭 읽어야 할 것만 같다. 그런데 우리 모두가 저마다 나름의 아픔 하나씩은 있지 않은가? 누군가는 자신의 아픔이 세상 누구의 것보다도 가장 고통스럽고, 또 누군가는 '이 정도는 감내해야지. 남들도 다 이러고 살 텐데 뭐….' 하고 씩씩하게 살아가기도 한다.

고통의 크기는 절대적이지 않기에 우리는 똑같이 쓰라리다. 당신은 힘들 때 힘들다고 표현하며 사는지 묻고 싶다. 나는 내 과거를 말하면 남에게 책잡히는 것 같아서 굳이 드러내지 않은 채 살아왔다. 말해서 전혀 도움될 게 없다고 생각했다. 그러다 상처의 무게에 눌려 죽을 것 같아서… 살고 싶어서 이 글을 쓰기 시작했다.

이 에세이를 읽고 다른 사람들이 나를 어떻게 평가하고, 나라는 사람에 대한 어떤 편견을 갖게 될까 고민한 적도 있었다. 내가 사랑하는 사람들, 가족들이 나의 책으로 인해 어떤 피해를 받지는 않을까 염려했었다. 그러나 원고를 마감할 때쯤, 나는 더 이상 남의 시선과 평가에 흔들리지 않는 사람이 되어 있었다. 나의 가족들이 오히려 나에 대해 알고 더 이해해줄 것이라는 믿음도 생겼다.

무엇보다도, 내가 살아야만 하는 이유와 어떻게 살아야 하는지 방향을 잡을 수 있게 되었다. 부족하면 부족한 대로 살면 되지 않을까. 나를 아껴주는 사람들만 바라보고 살기에도 인생은 짧다. 모든 사람에게 사랑과 인정을 받을 수 없고, 그럴 필요도 없다.

이 에세이는 이런 사람들에게 추천하고 싶다.

- 믿었던 사람에게 배신을 당해 슬픈 이
- 장차 좋은 부모가 되고 싶은 이
- 가정 불화가 있거나, 가정 불화로 인한 아픈 경험이 있는 이
- 폭력, 폭언을 당하며 참고 사는 이
- 누군가에게 인정받고 싶은 갈망이 있는 이
- 평생을 장녀, 장남 의식을 갖고 살아온 이
- 배우자의 외도로 인해 상처받은 이
- 금전적 사기를 당한 이
- 내가 살아야 하는 이유를 모르는 이

이 책을 다 읽을 때쯤, 당신은 위로를 받을 것이다. 잘못 되었다는 걸 알면서도 차마 꺼낼 수 없었던 용기를 얻을지도 모른다. 또한 삶을 사는 방법을 고찰해볼 수 있을 것이다.

나의 치유와 동시에 당신 혼자 고통받는 게 아니라는 걸 알았으면 하는 마음으로 글을 써왔다.

지금 이 순간까지 버티며 살아올 수 있게 곁에서 힘이 되어 주신 나의 멘토, 이상운 목사님과 계정숙 교수님, 또 엄마와 동생들, 제부들, 수원에 사는 나의 찐친들, 속 깊은 재현이, 돈을 빌려주고도 늘 내 걱정부터 해 준 특별한 지인들, 그리고 내게 넘치는 사랑을 주는 그, K.B.와 나의 아이들에게 감사하고 사랑한다고 말하고 싶다. 그리고 표현에 서툰 나의 아빠를 사랑한다.

당신이 이 책으로 마음의 위안을 얻고, 당신이 세상에서 얼마나 소중한 사람인지 알았으면 한다.

지금 이 책을 손에 쥐고 있는 당신의 마음에 나의 간절한 진심이 닿기를 바라며….

"아름다운 사람은 항상 선하지 않지만, 선한 사람은 언제나 아름답다.

당신은 진정… 살아갈 만한 가치가 있는 참 소중하고 아름다운 사람이다."

최리나 올림

목차

2장

## 여름,

### 뜨거운 태양은 화상을 남긴다



3장

## 가을,

### 낙엽처럼 떨어졌을 때 비로소 진정한 인생이 열렸다

4장

## 겨울,

### 매서운 한파를 이겨내고 피어나는 매화는 아름답다



5장

## 다시 봄,

### 찬란하게 빛날 봄을 꿈꾸다

# 1장

# 봄,

# 지독한 꽃샘추위를 겪다

1

## 나만 왜 이렇게 태어났을까?

지금 생각해보면 나는 아기 때부터 '동전의 양면'과 같은 삶을 살아왔다. 3살 때부터 일반적으로는 겪지 않는 여러 수술을 해서 가족들 사이에서 '나 자체가 돈뭉치'인 아이로 통했을 정도다.

3살 때는 혼자 놀다가 분유통에 얼굴을 박아서 오른쪽 뺨 전체가 찢어져서 과다 출혈로 죽을 뻔했다. 너무 어린 아가의 얼굴이 크게 찢겨서 그 시절의 의학 기술로는 봉합수술이 지금처럼 수월치 않았나 보다. "그날 너 정말 죽을 뻔했다."라는 엄마의 말씀을 들어보니 말이다. 두 번 만에 겨우 수술에 성공해서 목숨을 건졌다. 운이 좋으면서도 얼굴에 큰 칼자국 흉터가 남은 운이 안 좋은 아이였다.

또한 '선천성 심장병'이라는 병명을 갖고 태어나 수술을 버틸 수 있는 나이인 5살 때는 심장 수술을 해야 했다. 당시 한국 의료 기술로 심장 수술이 쉽지는 않았을 텐데, 운 좋게 잘되어서 지금 이렇게 건강하게 살고 있다. 그러나 그 과정에서 'B형 간염 보균자'의 피를 잘못 수혈을 받았다. 그 바람에 초등학교 5학년 때 'B형 간염 보균자'라는 사실을 담임선생님으로부터 통보받은 비운의 아이이기도 하다. 8살 때는 편도선 수술을 해서 편도선도 잘라내고, 다리 한쪽에 화상을 입어서 큰 흉터가 남을 뻔한 사고도 당했다.

온 가족이 다 건강한데 유독 나만 이렇게 온갖 사고와 질병을 겪는 것일까? 내 동생들 3명 중 누구 하나 아픈 사람이 없다. 외가, 친가도 다 건강한데 말이다. 나는 어려서부터 이 부분이 너무 의문이었다. 늘 '왜 나만 이러지? 참, 명命도 기네.'라는 생각이 머릿속에 늘 맴돌았다.

물론 그 모든 수술이 잘되어서 중, 고등학교 체력장도 특급이 나올 만큼 건강했다. 그 당시에는 B형 간염에 대한 사회 인식이 잘못되어 'B형 간염 보균자'라고만 해도 취업에 걸림돌이 되거나 집단생활 시 불편한 시선을 받는 부당한 경우도 종종 있었다. 하지만 나는 운 좋게도 딱히 큰 문제가 된 적은 없었다.

그렇지만 운 좋은 나도 사춘기 때에는 적지 않게 마음의 생채기가 생기는 일들이 있었다.

한 번은 중학교 1학년 때 학원에서 같은 반이었던 남자애가 학원에 다닌 지 몇 달이 지난 후 나에게 고백 아닌 고백을 했다. “난 처음에 네 얼굴의 칼자국 때문에 너 완전 여자 깡패인 줄 알았었어.”라며 해맑게 웃으며 호감의 신호를 보냈었다. 그 남자애의 말에 난 뒤통수를 세게 얻어맞은 것 같았다. 그 순간 ‘그러니까 결론은 아니라는 거지?’라고 속으로 생각하고 아무 대꾸도 하지 않았다. 그 당시 사춘기였던 나는 그 친구의 뜬금없는 고백보다는 직선적인 표현에 크게 상처를 받은 것이다.

지금껏 내 얼굴의 상처에 대해 그런 식으로 말했던 친구가 없었다. 초등학교 때 가끔은 “야, 네 얼굴에 그 상처 왜 그래?”라든가 “너 얼굴에 그거 뭐야?”라고 묻는 친구들이 있긴 했지만. ‘칼자국, 깡패’라는 강하고 직관적인 표현을 들은 건 처음이었다. 그 이후 나는 ‘얘 말고 다른 친구들도 내 겉모습만 보고 속으로는 나를 이렇게 오해할 수 있겠구나.’ 하며 그동안 미처 생각지 못했던 것을 깨닫게 되었다.

그 당시 나는 며칠간 그의 말을 곱씹어 떠올리면서 다짐했다. ‘나는 다른 사람의 외적인 부분에 대해서는 먼저 언급하지 않으리라. 사람의 외모만 보고 그 사람을 함부로 판단하지 말아야겠다.' 그 일은 일종의 '반면교사'가 되어 준 셈이다. 이렇듯 난 살면서 하나씩 깨닫고 그게 누구이든 상대방으로부터 배워갔던 것 같다.

누군가는 현재 생명 부지해서 잘 살면 됐지, 뭘 그런 걸 생각하고 따지냐고 말할 수도 있으나, 여러 수술들이 남긴 자국들 때문에 살면서 종종 난 마음을 다치기도 했다. 내가 아프고 싶어서 아픈 게 아닌데 말이다. 나는 태어날 때부터 그러했고, 살다가 여러 일을 겪으며 어린 시절의 나의 운명을 하늘에 탓했다. '왜 저만 이렇게 태어났나요?' 이런 나에게 신께서 '네가 지금 살아있음에 감사해하지 못하고 날 원망하는 것이냐.'라고 말하기라도 하는 듯, 내가 가진 상처와 신체적 아픔들이 별게 아니게 되는 이야기들이 펼쳐지게 된다.

우리네 인생은 참으로 한 치 앞을 알 수가 없는 것 같다. 어린 시절 읽은 위인전에서 '헬렌 켈러'는 "세상은 고통으로 가득하지만 한편 그것을 이겨내는 일로도 가득 차 있다."라고 말했다. 살아보니 정말 그러했다.

2

## 가족家族이라는 이름

"가지 많은 나무에 바람 잘 날이 없다."라는 속담이 있다. 우리 집이 딱 그랬다. 9명의 식구가 한 지붕 아래에서 지지고 볶으며 살아온, 이 속담에 적합한 대표적 사례의 대가족이었다. 특히 할아버지 덕분에(?) 나는 남다른 유년 시절을 보냈었다. 탈북 후 은행원으로 입지를 굳혀 자수성가하신 할아버지는 사회성이 그리 좋지 않으셨다. 집에 가족 외의 사람을 들이는 걸 꽤 싫어하셨다.

내가 초등학교 1학년이 되어 학교 친구를 처음 사귀고, 난 그 친구를 우리 집에 너무 데려오고 싶었다. 할아버지 때문에 늘 꾹꾹 참아야 했다. 그러던 어느 날, 할아버지 몰래 집으로 친구를 초대해서 같이 놀고 싶은 마음에 집 마당에 있던 쓰레기 소각장 문을 통해-마치 '개구멍'을 연상케 하는-친구를 집으로 데리고 들어오기로 계획을 세웠다.

콩닥콩닥 영화 〈미션 임파서블〉 같은 도전을 감행하고, 친구와 나는 쓰레기 소각장을 통해 기어 나와서 마당으로의 진입에 성공했다. 나는 할아버지에게 들키지 않았다는 생각에 깊은 안도의 한숨을 내쉬었다. 그런데 바로 그때 갑자기 어디서 나타나셨는지 뒤에서 버럭 소리를 지르며 불같이 화내셨던 할아버지의 모습을 아직도 기억한다. 죄를 지은 나는 너무 놀랐고, 호랑이같이 분노하시는 할아버지가 몹시 무서웠다.

그 일이 일어나고 며칠 뒤, 난 공포감을 느끼는 원인 모를 '경기' 같은 걸 일으키기 시작했다. 경기가 지속되자 결국 부모님은 날 데리고 대학병원을 가게 되었고 난 원인 불명의 '간질'이라는 진단을 받게 되었다.

맙소사! 간질이라니. 내 나이 8살에 생뚱맞게 '간질' 판명을 받았다. 나는 초등학생인 어린 손녀가 집에 친구 좀 초대한 게 뭐 그렇게까지 대로大怒하실 문제였나 싶어서 내게 '간질'이라는 병을 안겨 준 '내 인생의 문제 유발자'인 할아버지를 돌아가시는 그날까지 평생 증오했다. '할아버지 is 평생 내 인생을 망친 사람'으로 인식되어 사춘기가 오면서 할아버지에 대한 반감이 더욱 커져만 갔다. 평소 할아버지의 독선적인 행동과 배려 없는 가부장적인 모습이 싫었다.

내가 고등학생이던 시절, 할아버지는 술만 취하시면 술병이며 반찬 그릇을 집어던지며 혼자 역정을 내시곤 했다. 그 모습에 모든 가족이 염증을 느끼던 어느 날, 사춘기가 온 둘째 동생이 할아버지가 던져서 깨진 소주병에 손목을 그으려고 했었다. 다행히 첫째 동생이 재빨리 둘째 동생을 말렸고, 난 그런 동생들의 모습에 눈이 돌아가서 처음으로 분노에 부들부들 떨면서 할아버지에게 큰 목소리로 화를 냈다.

"술만 드시면 이렇게 집어던지고 깨부숴야 속이 후련하세요? 이러면 뭐가 달라져요! 이 집에 할아버지 혼자 사세요? 이러실 거면 아예 술을 드시지 마세요! 집안 가장 어른이라는 분이 이게 하실 행동이에요? 부끄럽지도 않으세요? 다른 가족들도 좀 생각해주세요!"

너무 오래된 일이라 정확하진 않지만 저런 느낌의 말을 큰 소리로 또박또박 대들며 할아버지에게 내뱉었다. 두 눈을 부릅뜨고 당신에게 큰 소리로 화를 내는 장손녀를 보신 할아버지는 너무 기가 차셨는지 "저런! 이년이… 이 년이…. 지금 뭐라는 거야!"라는 말을 뱉으시고 이내 방으로 들어가 버리셨다. 그 후로 나름 집안 최고의 권위자였던 할아버지에게 맞섰던 유일한 사람이 나였다.

내가 커갈수록 할아버지는 상대적으로 작아지셨고 우리는 결코 좋은 관계로 지내지 못했다. 그러다가 할아버지는 연세가 많아지시면서 체력이 급격히 쇠약해지더니 아프기 시작하셨다. 80세 후반 할아버지는 병원에 며칠 입원하시며 호흡기를 끼고 계시다가 돌아가셨다. 그때 나는 대학 초년생이었다.

그렇게 돌아가신 할아버지의 장례식장에서 모든 가족 중 가장 통곡한 사람이 '나'였다.

왜 그렇게 눈물이 났던 걸까? 그때 나는 그동안 가져왔던 할아버지에 대한 원망, 애증, 그간의 내 행동들에 대한 죄송스러움, 만감이 교차했다. 아마 할아버지도 본인으로 인해 손녀가 이렇게 평생 아플 거라 예상 못 하셨겠지.

만약 이것이 타인과의 문제였다면 이에 대해 지금까지 이렇게 깊게 생각할 수 있었을까 싶다. 할아버지 때문에 난 여전히 간질약을 매일 먹고 있다. 간질 때문에 겪지 말아야 할 일도 여럿 겪었고, 잃은 것도 많다. 그런데도 그의 죽음이 슬프다는 사실이 놀랍다.

가족家族의 사전적 의미는 '부모를 중심으로 한 근친인

혈연으로 맺어진 집단'이다. 내가 느낀 '가족加足은 발이 하나 더해진 관계' 같다. 내 몸에 발 하나가 더 생겨서 세 쪽의 발이 함께 호흡을 맞추고, 때론 또 하나의 발의 상황이나 마음을 이해하고 기다려줘야 원만하게 앞으로 나아갈 수 있는 그런 관계 말이다.

함께 있을 땐 서로 더 불편하게 느껴질 수 있으나, 막상 있던 발 한쪽이 떨어져 나간다면, 그 역시 내 몸의 일부였기에 견디기 힘든 고통과 허전함을 느끼게 되는 것 아닐까.

## 3

# 평생 잊히지 않은 '주황색 방'

나의 오랜 벗 같은 '간질'은 좀 특별했다. 우리 사회에서 통상적으로 생각하는 간질의 개념은 '뒤로 자빠져서 거품을 물고 쓰러지는 모습'일 것이다. 나는 그냥 오롯이 혼자 '공포감'을 느끼는 것이었다. 그 느낌은 형언하기 어렵지만, 공포영화나 귀신과는 비교할 수도 없다. 그냥 갑자기 너무 불안하고 이 세상의 모든 공포가 나 한 사람에게 다 몰려들어서 표현할 수 없는 극도의 압박을 받는 느낌이다. 8살이라는 어린 나이부터 이런 느낌을 약 20여 초 정도 감당하는 것은 너무 무섭고 괴로웠다.

그 증상이 20여 초 유지된다는 것도 대학교 1학년 때 입원해서 뇌파검사를 하면서 알게 된 것이지, 그전까지는 온 세상의 공포감과 두려움이 내게 몰려와 숨 못 쉬게 옥죄는, 죽도록 고통스러운 이 시간이 1분이 족히 넘는 줄 알았다. 난 그 누구와도 이 감정에 대해 유대감을 전혀 나눌 수 없었다. 적어도 나의 병에 관해서는 무인도에 혼자 내버려진 것처럼 고독했다.

내 호르몬 변화에 따라 간질의 뇌파 변화도 심해진다는 것을 초등학교 5학년이 되어 알게 되었다. 초등학교 1~4학년 때에는 약으로 어느 정도 증세를 잡을 수 있어서 학교생활에 큰 어려움이 없었다. 5학년 때 사춘기가 오면서 나의 이상 뇌파가 강하게 반응했다. 유독 5학년 때부터 공포감이 급격히 심해지면서 혼자서 이를 버티는 게 무서워서 도피하고 싶은 마음에 갑자기 교실을 뛰쳐나가는 일이 발생했다.

결국은 5학년 2학기부터 6학년 1학기라는 중요한 1년 동안 치료를 위해 난 휴학을 하게 되었고, 부모님은 지인의 권유로 강남 S 가톨릭병원에 날 입원시키셨다. 그 당시 소아 병동이 없다는 이유로 난 '정신과 성인 병동'에 입원하게 되었다. 엄연히 신경과와 정신과가 다른 영역인데 꼭 그랬어야만 했는지 의사들에게 묻고 싶다. 이곳에서 어린아이인 나에게 너무 가혹한 일이 벌어졌기 때문이다.

좀 이상한 어른들이 많았던 그 병동은 초등생인 내게는 '내 안위를 스스로 지켜야 하는 전쟁터' 같은 곳이었다. 아이라고는 나밖에 없는 성인 남녀가 공존해서 머무는 정신 병동, 알게 모르게 이상 미묘한 분위기가 내게 두려움을 주기에 충분했다. 무엇보다 그 많은 환자의 호기심 어린 시선이 새로 병원에 온 유일무이한 '아이'인 나에게 꽂혔다는 점이 너무 불편했다.

하루는 마음이 울적하여 병동 홀에 있는 피아노를 치면서 마음을 달래던 중 평소에 정말 음흉한 눈빛과 기분 나쁜 미소로 늘 날 주시하던 젊은 남자 환자가 갑자기 피아노를 치던 날 들쳐 안아 드는 일이 생겼다. 그 순간 난 '이 남자가 내 몸에 손대면 어떡하지?' 하는 생각에 겁에 질려서 살려 달라고 소리를 고래고래 질렀다. 다행히 남자 간호사들이 그를 제지했으나, 난 그 후로 너무 무서워서 병동 내에서 그 사람을 피해 지내야 했다. 지금도 그 남자의 재규어 같은 그 누런 눈동자가 여전히 뇌리에 남아있다.

이 사건 이후 난 더욱더 가족들이 그립고, 집에 가고 싶은 마음뿐이었다. 그래서 병동 소등시간인 밤 9시 이후 몰래 나와 간호사들에게 "간호사 언니, 엄마가 보고 싶어요. 엄마 좀 불러주면 안 돼요? 아니면 엄마랑 전화 딱 한 통화만 하면 안 돼요? 네?" 하며 온갖 떼를 썼다. 참아왔던 그리움과 두려움이 폭발한 것이다.

야간 근무로 힘들고, 아동 환자를 자주 접할 리 없었던 간호사들은 결국 늦은 밤 생떼를 쓰는 내가 귀찮았는지 "애 좀 독방에 집어넣어요!"라고 누군가에게 지시했고, 난 그 말을 듣자마자 곧바로 "잘못했어요! 방에 가서 조용히 잘게요!"라고 울며불며 빌었지만 난 이미 초록색 옷을 입은 건장한 체구의 남자 간호사 두 명에 의해 각각 양손이 붙잡힌 채 바닥에 질질 끌려가서 글자 그대로 그 독방에 '처넣어'졌다.

그 방은 휑하고 컸으며, 방 전체가 주황색 페인트로 칠해져 있었다. 그 방 한가운데는 하얀 시트에 커다란 바퀴가 달린 이동 침대 하나만 달랑 놓여 있었다. 나는 한동안 사력을 다해 문을 두드리며 여기서 꺼내 달라고 소리치고 애원하고 사정했다. 말 잘 듣겠다, 조용히 자겠다, 잘못했다고 몇 번이나 울며 말했는지 모른다. 그들은 참으로 비정했다. 난 대서양같이 넓은 방 한가운데 있는 침대로 올라가서 한참을 울다 지쳐 잠이 들었다. 12살 때의 일인데 너무도 생생하게 기억에 남아 있다. 일반적인 12살 아이가 겪을 수 있는 경험이 아니었기에.

한 가지 놀라운 사실은 나는 지금까지 그 정신 병동에 입원해 있던 기간이 1년인 줄 알았는데, 엄마 말씀에 따르면 '열흘 정도'였단다. '열흘'이라는 시간이 12살의 나에겐 '1년'처럼 느껴졌다. 간질을 느끼는 시간도 그렇고, 이 병동에 입원했던 기간도 그러하고, 어쩌면 우리에게 시간이란 지극히 상대적으로 흘러가는 게 아닐까?

그 '주황색 독방과 정신 병동 사건'은 내게 잊지 못할 힘든 트라우마이다. 그 일들은 복학 후에 학교에서 겪게 되었던 온갖 괴롭힘과 차별에서 버틸 수 있는 인내심을 만들어주었다.

쉬기 위해 휴학한 것도 아니요, 이렇게 아픈 것도 서러워 죽겠는데 남자애들은 "재 미친년이다! 미친년이 학교에 다시 돌아왔다!"라며 매일 날 놀려댔고, 존지를 받던 6학년 담임선생님은 "저런 애가 왜 내 반에 배정된 건지 모르겠다."라며 교사의 자질이 의심스러운 무수히 많은 말들을 반 학생들 앞에서 내뱉으며, 갖은 면박을 주었다.

하지만 그 모든 것들은 그 병원에서의 일에 비교할 바가 안 되는 것이었다.

우리에게 고통이란, 한층 더 나를 견고하게 만들어주는 '두꺼운 layer(층)'인 것 같다. 굳이 겪지 않았다면 더 좋았겠지만 지금 생각해보면 이 특별한 경험들이 지금의 나를 만들어준 것 같다. 이런 것들이 없었다면 힘들 때마다 여기저기서 접하는 명언들은 내게 한날 이론에 불과했겠지.

## 4

# 당근과 채찍질의 잘못된 비율

아마도 오늘날의 20대와 그 이후 세대 중에서 부모님께 "너는 정말 나의 소중한 아이란다.", "잘하지 못해도 괜찮아." 등의 뉘앙스를 품은 진심 어린 사랑의 표현이나 칭찬을 듣고 자란 사람들이 얼마나 될까? 적어도 나는 아니다. 잘하는 게 있으면 그건 너무나도 '당연한 일'로 치부되어 언급조차 되지 않았고, 늘 부족한 점에 대한 질책을 들으며 커왔다.

나는 영어권 국가에 나가본 적이 한 번도 없으나, 4살 때부터 아빠가 좋아하시는 pop을 함께 많이 듣고 자라서인지 흥도 많고, '영어'가 즐겁게 느껴졌던 것 같다. 아빠가 미국 출장을 다녀오셔서 사 주셨던 '월트 디즈니사의 클래식 동화 시리즈-백

설 공주, 신데렐라, 잠자는 숲속의 공주' 세트를 정말 카세트테이프가 늘어지도록 들었던 기억이 난다. 생각해보면 그 경험으로 인해 내게 영어가 '흥미로운 언어'로 첫인상이 자리 잡힌 것 같다.

그리고 중학교 때 처음 '영어'라는 과목을 접했을 때, 마치 사막에서 오아시스를 만난 것과 같은 환희를 맛보았다. '와…. 이걸 학교에서 배우네.' 너무 행복했다! 누가 시키지 않아도 복습과 예습을 완벽히 해서 책이 너덜너덜 찢어질 정도였다. 다른 건 몰라도 '영어'에서만큼은 '최고'가 되고 싶었다. 머라이어 캐리, 휘트니 휴스턴 같은 그 시대를 풍미한 가수들의 테이프를 사서 가사집을 보며 무슨 뜻인지 단어를 일일이 사전을 찾아가면서 외웠고, pop 가사집을 만들어 가사를 필사하거나 출력해 붙여서 수집하기도 했었다. 왜 그렇게까지 했는지 지금 생각해보면 놀라울 정도로 열정적이었는데 그 정도로 미칠 듯이 영어를 좋아했던 것 같다. 그러다 보니 중, 고등학교 시절 영어 시험만큼은 웬만해서는 올백을 맞았다.

한 과목을 그렇게 꾸준히 '수, 수, 수, 수'를 받아오기 힘든데, 아빠께서는 나의 중, 고등학교 6년간 단 한 번도 "우리 딸, 영어 잘했네!"라고 칭찬을 해주신 적이 없었다. 너무 당연하다는 듯이 그 부분은 패스하시고 곧바로 '수학 점수'에 대한 비난

이 시작되었다.

"너는 아빠가 은행원인데 수학 점수가 왜 이 모양이냐?!"

이건 아빠의 단골 대사라서 토씨 하나 틀리지 않을 정도로 머릿속에 박혀 있다. 중학교 때는 엄격한 아빠가 무서워서 찍소리도 못 냈다. 그저 "죄송해요. 더 노력할게요.(사실 엄청나게 노력한 건데….)" 하고 시무룩해져서 내 방으로 돌아와서 울었다. 우는 것도 하루 이틀이지 시간이 흐를수록 점점 슬픔은 사라지고, 성적표를 보여드리는 날은 아빠의 가시 돋은 말로부터 나 자신을 보호하기 위한 마음의 방패를 준비해야 하는 '전시戰時 상태'가 되어버렸다. '어휴… 또 은행원 소리 하시겠구나.'라는 서운함만 커갔다.

고등학교 때 정말 큰맘 먹고 아빠보다 내가 선수를 쳐서 "아빠, 저 영어 다 맞았어요! 이번에 영어 정말 어려웠어요."라며 나름의 자기 어필을 해 보았다. 그러자 아빠께서는 "잘했어. 근데 영어는 원래 이 점수였잖아."라고 말씀하셨다. 그 대답을 들은 후 아빠의 이어지는 수학 점수나 다른 과목에 대한 잔소리가 들리지 않고 귓가에서 윙윙대기만 했다.

'원래가 어딨어? 내가 얼마나 노력해 온 건데! 이렇게 계속 잘하는 게 뭐 쉬운 건가?'

내 딴에는 나름 용기 내어 말했던 터라 내가 예상한 어떤 시나리오에도 없었던 아빠의 말에 적잖게 충격을 받았다. '아빠에게는 그저 나의 부족한 점만 보이는구나.' 그날 이후 나는 속으로 되뇌며 다짐했다.

'나는 나중에 내 자식들을 칭찬으로 키울 거야. 아빠처럼 행동하지 않을 거야. 난 꼭 칭찬으로 키우겠어! 내가 못 받은 칭찬들 다 내 새끼들한테 퍼부어 줄 거야!'

지금 두 아이의 엄마가 된 나는 나의 자식들을 정말 칭찬으로 키우려고 노력하고 있다. 20대부터 학생들에게 영어를 가르치고 나의 어학원을 운영했으며, 심리상담을 공부하고 심리상담사가 되었다. 난 이 두 가지 일을 병행하면서 늘 '적당한 당근과 채찍질의 비율'에 대해 고민하며 연구하기 시작했다. 켄 블랜차드의 저서인 『칭찬은 고래를 춤추게 한다』처럼 칭찬은 사람을 움직이는 큰 원동력이 된다. 20년간 사회 경험을 하다 보니, 당근과 채찍질도 사람마다 비율이 달라야 함을 느꼈다. 상대에 따라 칭찬도 적당히 할 필요가 있다는 생각이 든다. 자신감이 지나치게 강한 사람에게는 당근보다 적절한 '객관적인 채찍질'이 필요했고, 자존감이 땅으로 꺼져 있는 사람에게는 그야말로 '끊임없는 당근'을 주어야 했다.

양육 환경과 현재 처한 상황 등 각자 베이스가 다르기에 똑같은 잣대로 획일화된 칭찬과 채찍질을 해줄 수는 없는 것 같다. 다만 '채찍질보다는 기왕이면 칭찬'이 의욕과 동기를 부여해 사람의 마음을 움직이는 데 훨씬 긍정적인 효과를 주는 것임은 맞는 것 같다.

난 가끔 의식적으로 사람들에게 진심 어린 작은 칭찬이라도 해주려고 노력한다. 매우 재밌는 사실은, 그렇게 상대에게 '빈말이 아닌 진심 어린 칭찬'을 던지면 나 역시 기분이 좋아지고 그들과의 관계성도 훨씬 좋아진다는 것이다. 이렇듯 '진심이 담긴 칭찬'은 우리 모두의 삶을 윤택하게 해주는 것 같다.

나부터도 누군가에게 평가보다 칭찬을 들을 때 기분이 좋으니까.

## 5
# 내 인생의 첫 '한 발짝'

살면서 남들과 나를 '비교'하는 일이 종종 생긴다. 나도 성장기와 사춘기 시기에 자매, 형제, 친구들과 나 자신을 비교하며 살았다. 중학교 1학년 때까지 초등학교 때의 힘든 학교생활과 트라우마 때문에 내 신세를 한탄하며 위축되었고 소극적인 아이로 살았다.

그러다 중학생이 되면서 인생의 첫 위기가 닥쳤다. 초등학교 6년 내내 남자 짝꿍이 먼저 내게 말을 걸어서 겨우 말문이 트이고, 1학기 말이 되어서는 딱 노는 친구 2~3명과만 놀았다. 또 신학기가 되면 새로운 반으로 올라가 또 같은 순환을 거쳤다. 그랬던 내가 중학교 배정 날 친구들은 모두 다른 남녀공학으로 가고, 나만 달랑 혼자 여자중학교에 오게 된 것이다. 난 딱 벼랑 끝에 서 있는 기분이었다.

학교 배정표를 받은 날, 집에 오자마자 나는 마치 애니메이션 『빨간 머리 앤』 속 앤이 걸핏하면 침대에 엎드려 오열하며 울었던 것 마냥 이불에 얼굴을 처박고 울기 시작했다. 나의 마음은 앞으로 펼쳐질 미지의 세계에 대한 막막함과 아득함으로 심란했다. '나 이제 중학교 3년을 어떻게 살지?', '친구 어떻게 사귀지?' 교우 관계가 가장 중요했던 사춘기 시절을 우리 누구나 한 번쯤 겪지 않았던가. 나는 방학 내내 '이 난제'에 대해 고민만 하다가 드디어 입학했다. 학교가 여자아이들만 가득한 진기한 풍경이었다.

학교 입학 첫날부터 난 깊은 시름에 빠졌다. '앞의 애한테 말을 먼저 걸까? 아니 옆에 앉은 아이한테 말을 먼저 걸까? 무슨 말을 먼저 하지?' 한 번도 해 보지 않았던 행동이라 어찌해야 할 바를 몰랐다. "안녕? 너는 어느 학교에서 왔어?"라고 물어보면 너무 뻔하겠지? "이름이 뭐니?"라고 묻는다면 이건 더 진부할 거야. 머릿속은 온통 이런 생각들로 가득 차 있었다. 난 '상대가 나를 어떻게 생각할까?'라는 우려가 가장 컸다. 초등학교 때 간질로 복학 후 학교생활이 원만치 않았기에 그 당시 나의 자존감은 바닥에 떨어져 있었던 것 같다.

온갖 걱정이 머릿속을 가득 채워서 차마 입을 뗄 수가 없었다. 그렇게 고민만 하다가 어느새 2주라는 시간이 훌쩍 지나갔다. 입학 후 셋째 주가 시작되는 날, 난 내 인생 최고의 용기를 내었다. 타이밍을 보고 앞자리 친구가 혼자 있는 틈을 타서 말을 걸었다. 그 첫마디가 "안녕? 난 최리나야. 너는 이름이 뭐니?"였다.

나는 아직도 첫인사를 했던 그 친구의 이름과 얼굴을 기억한다. 내 인생 처음으로 먼저 말을 건 친구이기에. 보조개가 들어가 있고 눈이 초롱초롱했던 참 이쁘고 발랄한 성격의 '정은'이라는 친구였다. 그때 그 친구는 깜짝 놀란 얼굴로 갑자기 큰 소리로 외쳤다. "어머!!! 얘들아! 얘 말했어!"라고.

그렇다. 친구들 모두 내가 벙어리에 귀머거리인 줄 알았단다. 이유인즉슨, 내가 입학 후 2주간 창밖을 보면서 고민에 빠져 있을 때, 옆 친구가 내게 말을 걸었었다고 한다. 이름을 물어봤는데 내가 묵묵부답한 채 창밖만 바라보고 있어서 모두 내가 들리지도 않고 말도 못 하는 줄 알았단다. 2주간 한마디도 하지 않았으니까.

참으로 기가 막힐 노릇이었다. 난 누가 말 건지 모를 정도로 나 혼자만의 생각에 빠져 있었다니. 갑자기 친구들이 웅성거리며 내게 몰려들었고 우리는 순식간에 서로 인사를 나누었다. 그날 하교하는 길에 난 많은 생각이 들었다. 왜 이렇게 바보 같이 학교생활 2주를 날려 보낸 걸까? 뭐가 두려웠던 것일까?

그건 바로 내가 '상대방의 시선을 의식'해서 지레 겁을 먹고 걱정했기 때문이었다.

난 바로 다음 날부터 반 번호 1번인 친구부터 시작하여, 하루 한 명의 친구에게 번호순으로 먼저 다가가서 친구와 통성명하며 인사하기로 마음을 먹었다. 그리고 약간 겁은 났지만, 다짐한 대로 두 주먹을 불끈 쥐고 친구에게 다가가서 더듬거리는 말로 나를 소개하고 통성명을 했다. 다음 날은 2번인 친구와 했다. 이렇게 53번까지의 친구들과 하루도 빠짐없이 해냈다. 사실 세 번째 친구부터는 말하는 것이 그리 어렵지 않다는 것을 느꼈다. 막상 해 보니 아무것도 아닌데 난 왜 지레 겁을 먹었을까?

반 친구들과의 통성명 이후 난 중학교 내내 쉬는 시간마다 2, 3층을 넘나들며 친구들과 술래잡기를 하고 뛰어다니는 왈가닥이 되었다. 또한 '영어' 하면 떠오르는 학생, 그리고 중3 때는 '서태지와 아이들'의 이주노의 춤을 체육대회 때 전교생 앞에서 멋지게 춰서 hip 한 선배 언니가 되었다.

그럼 40대의 지금은 어떠하냐면 여기서 좀 더 다른 방향으로 날 바꾸었다. 지금은 혼자 있는 시간과 사색도 즐길 줄 아

는 내가 되었다. 주변에서 본인의 고질적인 어떤 기질이나 성향에 대해 고민하고 고치고 싶어 하고, 더 나은 사람이 되기를 원하는 사람들을 종종 보게 된다. 나는 큰 목표가 아닌 '아주 작은 한 걸음'만 먼저 내디뎌보라고 권하고 싶다.

타인의 진심 어린 조언, 훌륭한 강연이나 좋은 내용의 책을 100일간 필사하는 것 모두 다 좋지만, 날 바꾸고 싶다면 오롯이 내 인생의 주체인 '나 자신이 바로 실행에 옮기는 것'이 중요하지 않나 싶다. 이 '실행'이라는 것이 참으로 어렵다.

그 어려운 '실행력'을 이끌어줄 수 있는 원동력이, 내게는 바로 '절박함'이었다. 당신이 스스로의 어떤 면에 대한 갈증을 느낀다면, 얼마나 절박한지를 자문해보라고 말해주고 싶다. 만약 내가 변화해야 할 필요성을 못 느끼고 주체성 없이 수동적인 자세로만 살았다면, 나는 여전히 자존감이 결핍된 채 세상 불평하며 남과 나를 계속 비교하며 살고 있었을 것이다. 그 처음 한 번이 어렵지 두 번째는 쉽더라.

## 6
## "왜?"라는 질문이 불편한 세상

이 책을 한창 쓰고 있을 때, 〈D.P〉라는 드라마를 보게 되었다. 1화를 보고 주말 동안 밤새우며 그 드라마를 '정주행'을 하게 되었다. 〈D.P〉는 사회적 이슈였던 군대 폭력을 이기지 못해 자살하거나 탈영하는 탈영병 사건을 다룬 드라마였다.

여자인 나는 군대에서 폭력이 어느 정도인지 가늠할 수 없었기에 그 드라마를 보는 동안 경악을 금치 못했다. 근데 과연 드라마라서 만든 '과장된' 시나리오일까? 아닐 것이다. 사회에서도 대물림되어 온 '폭력, 집단폭력, 폭언'이 암암리에 자행되고 있는데, 외부와 차단되어 있고 스트레스가 가중된 남자들의 밀폐된 집단생활에서는 오죽할까? 문뜩 드라마를 보면서 내

고등학교 때와 결혼생활이 떠오르고, 그간 상담해왔던 폭력의 피해자였던 내담자들의 상담 사례들이 오버랩되기 시작했다.

행복했던 중학교 생활과 달리 고등학교 시절은 몹시 힘들었다. 일단 등교하기 위해 출근길 버스를 타야 해서 아침마다 진을 뺐고, 이런 환경변화와 '대학입시'라는 중압감을 체감하면서 간질 증상이 다시 심해졌다. 또 부당하다고 느껴지는 선생님들의 '교권 남용과 폭력'이 매우 많았기 때문에 선생님들과 부딪히게 되었다.

당신께서 이전 수업에서 기분이 안 좋았다며 들어오자마자 교탁을 뒤집어엎고 다음 수업 차례인 우리 반에서 으름장을 놓고 수업을 시작하는 선생님이 계셨는가 하면, 의도적으로 단단한 출석부의 모서리로 학생 머리를 찍어 내리는 행동을 하시는 분도 계셨다. 잘못한 학생을 색출할 때나 반 전체 학습 분위기가 안 좋으면 학생 전부 책상 위로 올라가 무릎을 꿇은 채 앉아 치마를 걷어 올리고 얇은 속치마만 놔두게 하고, 선생님은 학생들의 허벅지를 회초리로 때렸다. 수위가 아슬아슬한 성희롱과 성추행이 있는 학교들도 많았다. 근처 남자 고등학교들의 체벌 수위에 대해 들으면 이게 학교인지 교도소인지 알 수가 없었다. 남녀공학이라고 크게 다를 바 없었다. 그때는 모든 학교가 그런 추세여서 이를 당연시하고 쉬쉬하는 분위기였다. 아마

나와 동시대를 다닌 사람들이라면 공감하리라.

하루는 기분이 안 좋으시다며, 수업에 들어오시자마자 다짜고짜 화를 내시는 한 '분노 전문' 선생님께서 "지금부터 교과서 몇 쪽 펴고, 거기부터 계속 공책에 써!"라고 말씀하시길래, 손을 들고 여쭤봤다. "선생님, 왜 교과서를 공책에 옮겨 써야 하나요?" 그러자 선생님 왈 "야! 너 일어나. 네 발로 직접 교실을 나가서 서 있을래? 아니면 내가 네 귀를 잡고 끌고 나갈까? 쓰라면 쓰지 왜 말이 많아?! 씨발…."이라고 '화답'을 해주셨다. '이게 무슨 동문서답이란 말인가? 나는 왜 이렇게 해야 하는지 궁금해서 질문했을 뿐인데 이게 왜 체벌감일까.' 억울했지만 결국 내 발로 나가서 그 수업 내내 난 창밖만 보고 서 있었다. 그 밖에도 의문이 들 때 나의 why라는 질문에 명쾌한 답을 주시는 선생님은 안 계시고 이를 반항으로 간주하시고 벌을 주셨다.

'상명하복' 그것이 바로 우리 어린 시절 '국민학교'라는 국가 교육기관에서부터 시작되어 쭉 이어져 온 관례이다. 이때는 윗사람의 체벌도 당연했고, 지금과 달리 이에 '인권침해'를 주장하며 항의하는 사람도 없었다.

나는 늘 학창 시절 의문이 들었다. 잘못하면 마땅한 벌을 받을 수 있으나 왜 '인권 모독'이라고 느껴질 정도의 폭력이나 폭언까지 당해야 할까? 혼날 때 애먼 나의 부모님은 왜 들먹일까?' 선생님들 눈에 비친 고2 때 나의 모습은 아마도 '골치 아픈 학생'이었을 것이다. 그러다가 이런 의문과 불만이 나에게 이로울 것이 없고 나 혼자만의 반기로 상황이 바뀌지 않을 거라는 것을 경험한 뒤 고3부터는 대학 진학을 위해 남은 1년간 쥐 죽은 듯이 살기로 마음먹었다. 1년 꾹 참고 대학에 가면 이런 불편부당함이 없을 거라 생각했다. 그런 나의 기대는 '오산'이었다.

대학은 대학대로, 사회에 나와서는 회사생활대로 여전히 '부당한 처사'는 존재했다. 업무 지시를 받았을 때 "근데 왜 그렇게 해야 하는 건가요?"라는 나의 질문에 상사들이 상당히 피곤해하는 모습을 볼 수 있었다. 때로는 "그냥 시키는 대로 하면 돼."라는 답변을 듣기도 했다. 나는 업무를 잘 숙지하고 일을 잘하고 싶었을 뿐이다. 근데 그걸 말해주는 것이 그리 힘들었을까? 지금은 그래도 세상이 많이 바뀌었다. 상하 직급 간의 대화도 많아지고 있다. 대부분 사람이 이런 변화들에 대해 긍정적으로 생각하지만, 여전히 과거의 폐단에 물들어있는 집단의 사람들은 "역시 짐승이건 사람이건 말 안 듣는 것들은 때려야 해!"라는 말을 아무렇지 않게 내뱉고 행하기도 한다. 세상이 좋아진 게 아니라 애초부터 그랬어야 하지 않을까.

나는 모든 이들에게 "왜?"라는 질문이 '반항'으로 여겨지지 않는 날이, '폭언, 폭력'으로 상대를 제압하려는 행위가 없어지는 날이 하루빨리 정착되었으면 하는 바람이다. 아직도 인간 관계에 있어 폭력이나 폭언의 필요성을 주장하는 사람들에게 진심으로 묻고 싶다. 본인도 누군가에게 맞거나 욕먹으면 억울해하지 않을 수 있는지, 사랑하는 사람이 불의를 당하는 걸 보고도 묵과할 수 있고, 가족이 누군가의 말과 행동에 의해 인격모독을 당하는 걸 보고도 아무렇지 않을 수 있는지 말이다.

'이유'를 알고자 하는 사람에게는 대화로 의문을 풀어주면 될 것이다. '아닌 일'은 조용히 덮는 게 아니라 문제의 근본을 고쳐나가면 될 것이다. 그게 무엇이 되었든 폭력은 또 다른 폭력을, 그 억울함과 분노는 또 다른 억울함과 분노만을 연쇄적으로 낳지 않을까.

7

## 제대로 삐. 딱. 하. 게!

고3 때 나는 입시 스트레스로 간질 증상이 악화하여 독서실에서 수건으로 입을 틀어막고 공부해야 했었다. 항상 '나 자신에게 부끄럽지 않게 열심히, 최선을 다하자'가 각인되어서, 내가 할 수 있는 120%의 노력을 하며 살아왔던 것 같다. 드디어 수능일, 난 행여 같이 시험을 보는 학생들에게 심리적 피해를 줄 가능성이 있어 양호실에서 따로 시험을 보기로 결정되었다. 사실 혼자서 양호실 침실 위에서 시험을 본다는 것이 낯설고 싫었지만, 이해할 만한 사유였기에 현실을 받아들이고 그렇게 12년을 준비해 온 시험을 보았다. 양호실 스피커는 지직댔고, 대학수학능력시험은 그 당시 역대 최고로 어려웠다. 모두 점수가 몇십 점씩 떨어졌기 때문에 환경이 남달라서 못 봤다는 구차한 변명은 안 하련다.

수능이 끝나고 집에 돌아오면서 시원섭섭함, 아쉬움이 들고, 12년간의 대장정이 주마등처럼 지나갔다. 단 한번의 시험으로 나의 12년을 절대평가 받는다는 것이 썩 유쾌한 일은 아니었다. 이에 아빠의 반응이 날 더욱 비참하게 만들었다. 아빠는 장녀에 대한 기대와 당신께서 명문대 대학원까지 나오신 탓인지 당신의 인생 기준에 있어 내가 한참 부족했나 보다. 내가 'in 서울이 아닌 경기권 대학'의 중문과로 진학하게 된 것을 못 받아들이셨다. '아빠도 할아버지가 맏아들인 아빠에게 거는 기대 때문에 많이 힘들었던 것으로 아는데, 왜 나한테 똑같이 행동하실까?'

난 병 때문에 일반적인 학생들과 시작도, 준비해 온 과정도 항상 달랐는데 왜 아빠는 결과만 보고 판단하실까? 대학 입학 이후 날 쳐다보지도 않고, 나와 대화도 안 하려 하시는 아빠를 보며 12년간 차곡차곡 쌓아왔던 나의 화火와 불만이 결국 폭발해버렸다. '이 정도로 노력했으면 됐잖아! 당신 딸이 내내 아팠고, 1년을 휴학해서 학습 결손으로 힘들었다는 걸 아는 분이 왜 이러지? 나로서는 최선을 다했다고!' 내 안의 자아가 항변했다.

어린 시절부터 온갖 어려움을 겪은 건 나인데, 아빠가 그런 내 마음과 상황을 몰라주는 것에 대한 서러움이 복받치면서 아빠의 반응에 단단히 뿔이 났다. 나는 처음으로 필름이 끊기도록 술을 마셔서 친구들의 부축을 받고 밤늦게 귀가하기도 했다. 아빠가 그 모습에 몹시 화가 나서 처음으로 나를 한 대 때렸다는데 취해서 기억에 없다. 그냥 제대로 삐뚤어지고 싶었다. 그렇게 아등바등 열심히 살아도 아빠에게 인정 한 번 받지 못한 게 분해서 될 대로 되라 싶었다.

대입 이후로 그렇게 우리 부녀의 관계는 엇나갔고, 20년 만에 내 인생 첫 반항을 했다. 나는 1년간 집에서 기본적 인사 외에 대화는커녕 아빠를 쳐다보지도 않고, 같은 공간에 있으려 하지 않았다. 시간은 점점 흘렀고, 어색한 관계로 지내다가 할아버지가 돌아가시면서, 뉴스에서만 보던 '가족 간 재산싸움'이라는 것을 목격하게 되었다.

그간 까탈스러운 부모님과 결혼 안 한 막내 여동생까지 부양하느라 고생하신 내 부모님에게 고모들은 파렴치한 언행을 했다. 그 모습을 보면서 아빠에 대한 연민을 느끼기 시작했다.

설상가상으로 그 시기에 IMF가 터지면서 아빠는 평생 일해오신 은행에서 정리해고나 다름없는 '명예퇴직'을 하시고 중년의 위기를 맞이하셨다. 아빠는 한두 달 뒤 다른 회사에 스카

우트되어 혼자 중국으로 가셔서 중국공장을 운영하시게 되었다. 그 몇 년 사이에 여러 시련이 아빠에게 닥쳤다. 아빠가 중국에 홀로 가신 지 2년째 되었을 때, 새벽 1시쯤 아빠에게서 해외 전화가 걸려왔다. 마침 내가 전화를 받았는데 아빠는 이미 만취 상태이셨다.

"아빠 잘 지내? 몸은 건강하시고요? 식사는 입에 맞으세요?"라는 나의 물음에 아빠가 갑자기 "아빠는… 너한테 제일 미안해. 리나야. 아빠가 정말 미안하다. 너한테 제일 미안하다. 아빠가. 아빠가 이것밖에 안 되는 사람이야."라면서 울면서 말씀하셨다.

난 '그날의 아빠와의 통화'를 아직도 잊지 못한다. 내 생전 그렇게 아빠가 우시는 것도 본 적 없었고, 아빠에게서 처음으로 '사과'를 들었기 때문이다. 아빠의 미안하다는 말에 내 마음속 오랜 딱딱한 상처들이 부드러워졌고, 내 두 뺨 위로 참았던 눈물이 하염없이 흘러내렸다. 우시며 '취중 진담'을 늘어놓으시는 아빠의 모습이 낯설고 외로워 보였다. 나는 같이 울며 '아빠, 아니야.'라고 대답했으나 아빠가 내게 말하는 미안하다는 게 무엇에 대한 사과인지 이미 서로가 너무 잘 알고 있었다. 그것은 가장으로서의 능력의 문제가 아니었다. 부모·자식 간의 이해와 표현에 관한 것이었다.

'한 집안의 가장'이라는 입장에서 아빠가 딸에게 미안하다고 말하는 건 참으로 힘들었을 것이다. 특히 그 시대의 부모가 자식에게 사과하기 위해서는 아주 큰 용기가 필요하고, 권위나 자존심도 다 내려놓으셔야 했을 것이다. 그런 점에서 아빠의 사과는 그간 쌓인 아빠에 대한 나의 원망과 분노가 사라지기에 충분했다.

아빠 역시 할아버지에게 평생 기대치에 맞는 요구를 당했고, 부모·자식 간의 애틋함 따위 느껴본 적 없으셨다. 우리의 부모 세대들 대부분 그렇게 자라오셨을 것이다. 그런데도 자신을 스스로 돌아보시고 술의 힘을 빌려서라도 딸에게 용기내어 사과하신 나의 아빠가 고맙고 그런 아빠의 모습이 존경스러웠다.

현재의 부모인 우리 세대가 '부모 역할의 과도기'인 것 같다. 우리부터 부모라는 자리에서 자식들과 소통하고 표현하는 것에 인색하지 않는다면 우리 다음 세대 부모는 한층 '더 나은 부모 자식 관계'를 형성하지 않을까. 자식을 키우다 보면 나도 모르게 불현듯 부모라는 '체면'을 세우려 할 때가 있다. 그럴 때면 난 아빠의 모습을 회고하며 나를 다잡는다.

50

# 2장

# 여름,
# 뜨거운 태양은 화상을 남긴다

1

## 눈에 콩깍지가 씐 귀머거리

20살 때 한창 하이틴 여성 잡지들이 있었다. 'CeCi'였나…. 그 잡지에는 화장품, 패션, 혈액형 궁합, 별자리 등 10, 20대 초반의 여자들이 관심을 가질 만한 콘텐츠들이 담겨 있었다. 어느 5월에 나에게 운명의 남자가 나타난다는 사주 내용에 꽂혀버렸다. '운명의 상대라고…?' 무료하기만 했던 나의 삶이 그 사주 하나로 괜히 싱숭생숭해졌다.

설렘을 간직한 채 하루하루를 보내던 중 고등학교 졸업 후 알게 된 남자친구 중 한 명이 갑자기 아침 일찍 우리 집에 찾아왔다. 바로 그날이 '운명의 상대가 나타나는 날'이었던 것이다. 나는 깜짝 놀라서 문을 열고 정말 오랜만이라며 그 친구를 맞이했는데 갑자기 그에게서 후광이 비추는 것이 아닌가! 베토벤의 교향곡 '운명'이 귓가에서 연주되고 있었다. 난 순정만화 속 여주인공처럼 그렇게 그 친구에게 끌렸다. 우리는 대학을 재수하는 동안 함께 공부했다. 과연 공부가 잘되었겠는가?

태어나서 처음 느껴보는 해피바이러스-'도파민'이었겠지만-가 뿜어 나와서 나는 심리적으로는 매우 안정되었고, 재수하면서 힘들 때 큰 위안도 되었다. 공부는 그냥 잘되는 느낌이었다. 1년 휴학 후 바로 원래 대학으로 재진학을 했다. 각자 대학생활을 하면서 우린 '연인'으로 발전했다.

연인이 되어 남자를 사귀어 보는 게 '첫 경험'이었던 나로서는 모든 게 새롭고 짜릿했다. 남친이라는 존재가 든든하기도 했다. 교제 기간이 흐르면서 남친은 나의 과거 남자친구들에 대한 과도한 집착으로 나를 힘들게 했다. 남친은 이전에 나와 미묘한 기류가 있었던 한 남자친구에 대한 질투심에 함께 어울리던 친구들 모두와 연락을 끊길 원했고, M.T도 가지 않길 원했다. 학과에 남자들이 있다는 이유 때문이었다. 그는 내가 순수하게 본인만을 위해 존재해야 하는 것처럼 굴었다.

여중, 여고를 나오면서 남자 경험이 거의 없었던 나로서는, 첫 공식 애인이었던 이 사람의 행동이 일반적인 남자들의 질투이겠거니 생각했다. 경험이 없었으니 비교 대상군이 없었다. 누구에게 물어보기도 뭣하고, 그저 힘들 땐 친구들과 고민 상담하는 정도였다.

화가 나면 다혈질인 그는 걸핏하면 헤어지자는 소리를 밥 먹듯이 해서 난 그의 군 생활 2년 2개월 동안 매일매일 편지를 써서 보낼 정도로 그를 안심시키려고 노력했다. 그를 정말 많이 사랑했기 때문이다. 교제 8년 차가 되면서 그는 점점 화가 나면 과격해지기 시작했다. 처음으로 심각하게 그의 모습을 보고 힘들다고 절친에게 털어놓았다.

그때 줄곧 지켜보던 베프 한 명이 그와 헤어지라고 했다. 그때 그 친구에게 난 너무 서운해서 어떻게 그렇게 심한 말을 할 수 있냐며 절교하자고 했었다. 난 현명하게 그와의 생활을 헤쳐 나갈 수 있는 묘안을 바랐던 것 같다. 그와 헤어질 엄두가 나지 않았다. 오히려 남친과 잘 사는 것으로, 헤어지라고 조언한 그 친구의 걱정이 기우에 불과했다는 것을 보란 듯이 입증하고 싶은 아집이 생겼다.

그때 내가 왜 그랬을까 곰곰이 생각해보니 '나'라는 사람은 누군가와의 '헤어짐'이라는 감정에 익숙지 않아서 '이별의 크기'를 감내할 자신이 없었다. 첫사랑이자 10년씩이나 사귄 사람과의 헤어짐의 무게를 짊어질 기백이 없었던 것이다. 차라리 주변의 조언을 차단하고, 그냥 그와 결혼해서 어떻게든 맞춰 사는 게 더 편하겠다는 안일한 방법을 취했던 것이다.

'왜 그의 다혈질의 성향이나 과격한 행동을 보고도 그냥 넘어갔을까?' 심리학을 공부하면서 나를 돌아보니 아마도 어렸을 적 나의 할아버지와 아빠가 화나셨을 때의 행동을 보고 자라와서 '보편적인 남자들의 몹시 화났을 때의 행동'이라고 대수롭지 않게 생각했던 것 같다. 그들이 내 인생의 유일한 '남자 모델'이었기 때문이다. 이렇듯 직간접적인 경험과 보고 자란 환경이라는 것이 참으로 무섭다. 어린 시절 첫인상이나 기억이 나의 관점에 많은 영향을 미치기 때문이다.

연애 기간이 얼마나 되었냐는 것은 그리 중요하지 않은 것 같다. 물론 함께한 기간이 길어질수록 누군가와의 '헤어짐'은 늘 그만큼 더 쓰라리고, 긴 시간 동안 가슴을 울린다. 인간관계에서 때론 '필요한 헤어짐'이 있는 것 같다. '필요한 헤어짐'은 순간은 괴로울지라도 더 나은 삶을 살 수 있는 기회이다. 사랑에 어리석었던 난 헤어짐이 두려워 내 인생 최악의 결정을 하게 되었고, 이로써 인생의 엄청난 비극의 문이 열렸다.

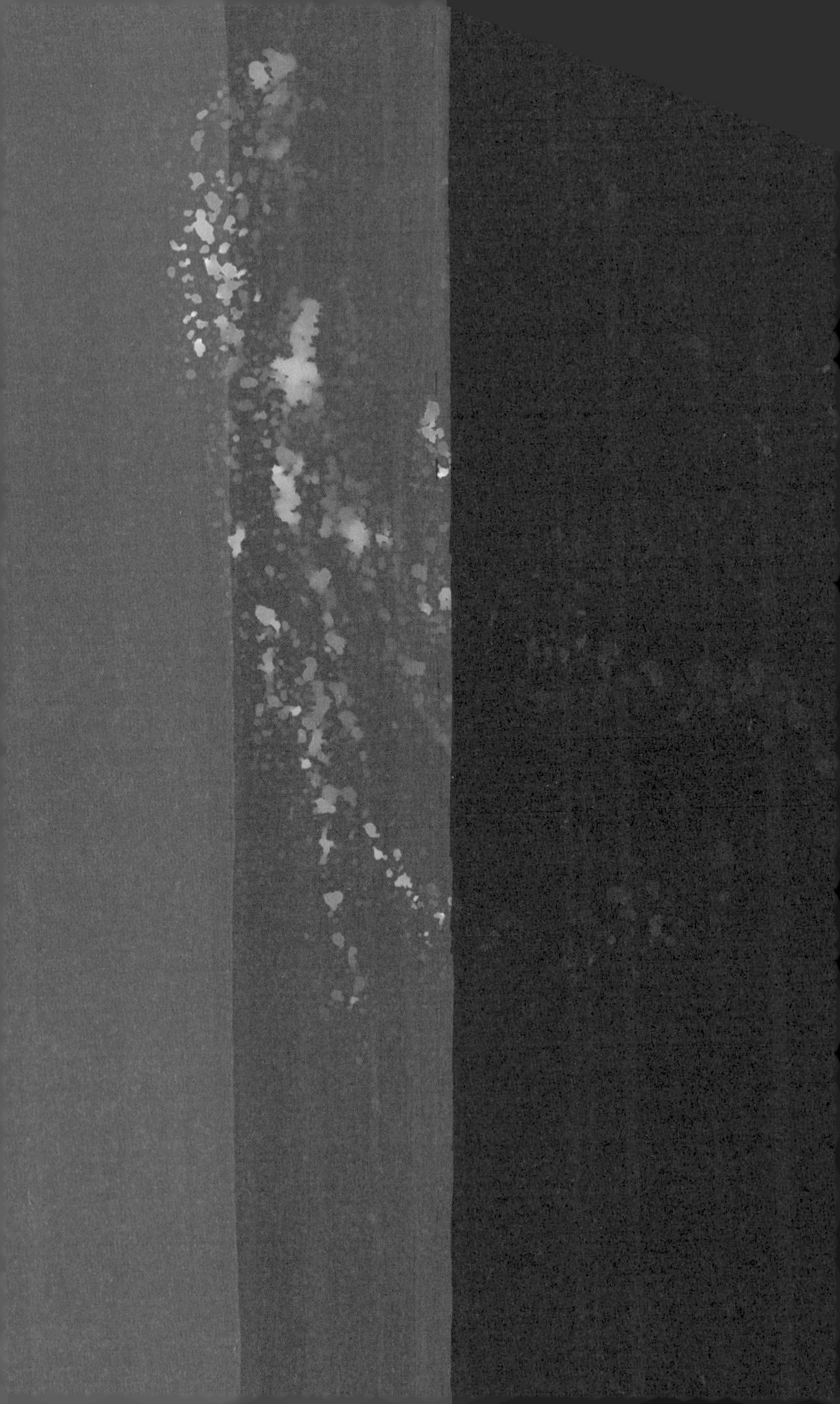

2

## 아무래도 사기 결혼 같아요

근래 EBS 방송의 한 프로그램에서 〈똥 밟았네〉라는 노래를 만들어서 전 국민을 열광시켰다. 담당 PD분의 제작 과정 인터뷰를 보니 이 노래가 이렇게까지 히트할 줄 몰랐다고 하셨다. 나의 결혼생활과 참으로 똑같다. 나도 나의 결혼생활이 이렇게 뭣 같을 줄 정말 몰랐다. 또 하나의 공통점은 그 노래 제목과 아주 똑같이, 제대로 된똥을 밟았다는 것이다. 오죽하면 내가 선택한 결혼을 '된똥'이라고 표현할까.

앞서 말한 바와 같이 난 대부분의 남자가 화가 나면 다혈질적인 면이 있고, 다소 거친 모습이 있다고 여겼다. 결혼하고 보니 그 집안사람들 모두가 언제 터질지 모르는 활화산을 가슴에 품고 살아가는 사람들이었다. 또 그간 본 그의 모습은 빙산의 일각에 불과했다.

나의 결혼 3개월 차에, 혼인 기간 동안 불임으로 여러 번 시험관을 시도했던 큰시누이가 당신이 먼저 아이를 가질 때까지 임신은 생각도 하지 말라고 남동생인 내 남편에게 말했다는 사실을 알게 되었다. 남편은 본인 생각에도 이해되지 않았는지 내게 알리지 않았었다. 이런 전후 사정을 몰랐던 나의 무심코 내뱉은 한마디 "생리가 늦어지네."로 집안이 뒤집어졌다.

큰누나는 내 남편에게 전화해서 온갖 쌍욕을 하며 그동안 자신이 어떻게 도와줬으며 불임으로 얼마나 힘든지 알면서 감히 네가 내 말을 거역하냐면서 고래고래 소리를 지르며 화를 냈고, 그 통화 후 남편은 우리 결혼 액자들과 가구를 모두 부숴버렸다.

남편이 그렇게 행동할 때 시어머니가 옆에 있었음에도, 아들의 그런 과격한 행동을 말리지 못했다. 그 일 이후 난 약 4개월을 남편과 각방을 쓰게 되었다. 큰누나 보란 듯이 그가 나와 같은 방을 쓰길 거부한 것이었다. 그리고 내가 눈치가 없다며 남편은 되레 내게 화풀이했다. 신혼 3개월째에 이 일이 터지면서 나의 결혼생활은 슬슬 악몽이 되기 시작했다.

난 '맏이'라는 의식이 강해서 부모님을 포함한 가족들에게 이런 힘든 결혼생활에 대해 알리지 않았다. 그냥 첫째인 내가 잘 살아야 동생들도 잘 살 것만 같았다. 아무도 내게 그런 것을 요구하지 않았는데 왜 이런 생각이 나에게 있는 건지 모르겠다. 그래서 아무에게 말하지 못하고 혼자 전전긍긍하며 살았다.

한번은 시부모님과 같이 살던 신혼 첫 여름에 시어머님이 몸이 아프셔서 아버님의 구멍 난 바지를 손질하지 못하셨다. 아버님은 이에 엄청 화를 내시며 며느리인 내가 있는 앞에서 시어머님께 쌍욕을 하시며 어머님을 향해 바늘들이 꽂혀있는 반짇고리를 던지셨다. 아무도 그 상황에서 시아버지에게 뭐라고 말하거나 말리는 사람이 없었다. 남편조차 가만히 TV를 보고 있길래 왜 그랬냐고 차후 물어보니 "아버지가 화나 있을 땐 그냥 놔둬야 해. 아니면 더 심각해져."라고 말하는 것이었다. 그 순간 '아뿔싸! 결혼을 잘못했다. 원래 부모부터 이런 언행을 하는 집안이었구나. 나 사기 결혼 당했네.' 하는 생각이 스쳤다.

결혼 전까지만 해도 그들의 강한 전라도 해남 사투리가 낯설긴 했어도 폭력적이거나 쌍욕 하는 모습 등은 그림자조차도 볼 수 없었다. 10년을 연애했는데 이걸 몰랐던 이유는 우린 연애 동안 서로 양가를 거의 드나든 적이 없었기 때문이다. 막상 결혼해서 이 집안의 사람이 되고 나니 그들의 행동은 180도로 달랐다.

큰누나는 우리 부부의 모든 문제에 간섭하려 했고, 모든 가정 대소사에 관여하며 본인 뜻대로 안 되면 손아랫사람들을 막 대했다. 내게 화가 나면 쌍욕도 거침없이 내뱉었다. 또 나의 간질약까지 몰래 훔쳐 가서 병원에 알아보는, 개인의 사생활 존중이라곤 전혀 없는 사람이었다. 어떻게 그런 사람이 우리나라의 손꼽는 대기업에서 꽤 높은 직위에 있을 수 있었는지 그녀의 사회생활에 의구심이 들 정도였다. 작은누나 역시 만만치 않은 성격이었다.

그들은 거의 주말마다 친정집에 왔고, 오면 며느리인 내가 옆에 있는데도 아랑곳하지 않고 신랑, 시댁, 친척들을 포함한 온갖 사람들에 대해 뒷담화를 해댔다. 7년간 함께해 온 그들을 보며 느낀 건, 그들에게 '가족'이란 오로지 자신의 부모와 형제뿐, 상대에 대한 진심과 예의라고는 없다는 것이다. 가끔은 내가 없으면 저렇게 내 욕도 하겠구나 싶어 아주버니인 그들의 남편들에게 동병상련이 느껴질 정도였다.

그러나 내가 가장 견디기 힘들었던 건 시가족들의 화火들을 감당하는 것이었다. 그냥 이 결혼을 물리고 싶었다. 시가족의 막말과 욕, 그들의 욱하는 성격을 고스란히 받아들이며 살자니 숨통이 조여와서 괴로웠다! 이 집에서 벗어나고 싶은 마음이 절실했다. 언제 터질지 모르는 폭탄을 안고 사는 시댁살이가 거의 매일 반복되자 나의 결혼 10개월쯤, 나는 마침내 시어머님의 우울증약을-시아버님의 폭언 때문에 힘들어서 복용 중이셨던-나눠 먹고 싶을 정도로 정신적 극한에 달했다.

일단 내가 살아야 할 것 같았다. 남편에게 시댁에서 출가하는 것을 제안했고 우리는 야반도주했다. 내가 어렸을 때 성격을 바꿔봤으니 남편을 도와 이 안 좋은 환경을 벗어나면 내 남편의 성향을 바꿀 수 있을 것 같았다. 나는 결혼 1년도 안 되었으니 변화를 주어 내가 할 수 있는 최선의 노력을 해 보고 싶었다. 감히 내가 타인을 바꿀 수 있다고 생각하다니 오만하지 않은가.

인간의 격格은 타고난 유전적 기질과 양육환경에 의해 일차적으로 형성되며, 그 기질은 쉽게 변하지 않는다. '스스로' 변해야겠다고 느낄 때야 비로소 바뀔 수 있다.

나는 나중에야 심리학을 공부하고 책들을 읽으며 이 사실을 알게 되었다. 만약 좀 더 빨리 알았다면 지금의 나는 다른 인생을 살고 있었을까?

## 3
# 저녁때 아무것도 안 드셨나 봐요

결혼 11개월 만에 영화 주인공처럼 시댁을 탈출하고 오피스텔에 들어가 비로소 둘만의 신혼 생활을 하게 되었다. 나의 계획이 예상대로 적중하기를 바랐건만 현실은 그렇지 못했다.

그는 화가 나면 물건을 집어 던지는 행동이 너무나도 자연스럽게 나왔고, 그의 도화火선의 수치가 매우 높아져서 이젠 사소한 일에도 쉽게 화를 내기 시작했다. 시부모님과 살 때는 때려도 티가 잘 나지 않는 베개로 때린 적이 있었는데, 나와서 살기 시작하자 화가 나면 빨래건조대로 내려치고, 나의 목덜미를 잡고 오피스텔 밖으로 끌고 나와 맨발에 무방비 상태였던 나를 꺼지라며 밖으로 내동댕이치기도 했다.

이런 반복된 삶이 힘들어서 나는 동생의 목소리가 듣고 싶었다. 안부를 묻는 척 전화를 했었다. “잘 지내냐?”라는 안부를 묻는 나의 말에 동생은 “언니 무슨 일 있는 거 아니지? 싸웠어?”라고 물었다. 그 말에 눈물이 나기 시작하는데 한마디만 더 하면 눈물이 완전히 터져버릴 것 같아서 아무 말 하지 않았다. 동생은 “언니 혹시 형부가 화난다고 물건 같은 거로 때리진 않지? 물건으로 사람 때리는 사람은 나중에 손으로도 때린다. 100%야. 조심해.”라고 내게 말했다. 난 뜨끔했지만 그런 일 없으니 걱정하지 말라는 거짓말을 하고 끊었다.

나보다 5살 어린 내 동생도 이런 걸 아는데 난 그동안 뭘 하고 산 건지 회의감이 들었다. 그날 처음으로 남편에게 이혼을 요구했다. 나는 따로 나와 둘이서만 살면 잘 살 줄 알았는데 그건 내 착각이었다고, 더는 희망이 없다고 말이다. 그는 내 손을 부여잡고 사정하며 내게 부탁했다. 자기가 큰누나랑 아버지 때문에 스트레스가 심해서 그랬던 것 같다며, 자기도 결혼하고 이렇게까지 힘들 줄 몰랐다며 앞으로 더욱 노력하겠다고 말했다. 난 고민 끝에 그의 말을 듣고 그에게 마지막 기회를 주기로 했다.

그 후 시아버지의 도움을 받아 집도 더 넓은 곳으로 이사 가고 우리는 잘 지내는 듯 보였다. 사실 몇 달간 남편은 공부한

답시고 필리핀에 나가서 카드를 몇백만 원씩 쓰며 지냈고 나 혼자 학원을 운영하고 학생들을 가르치며 바쁘게 살았기에 서로 부딪힐 일이 없었을 뿐이다.

남편이 필리핀에서 돌아오고 난 후 결혼 2년 차를 넘어서니 임신에 대해 초조함이 들기 시작했고, 남편도 아이를 원했기에 자식이 생기면 결혼생활의 좋은 변화가 생길 거 같았다.

난 난소 주사를 맞아가며 어렵게 임신에 성공했다. 임신으로 인한 호르몬 변화로 20초 단위로 간질이 오기 시작했다. 지금껏 살면서 간질 때문에 이렇게까지 힘들어 보긴 처음이었다. 아이의 안위를 걱정하며 간질이 올 때마다 버티는 것만으로도 내 삶은 버거웠다.

남편은 시가족들이 '간질'이라는 나의 병을 알면 결혼을 절대 허락해주지 않을 거라며 솔직히 밝히자는 나의 의사와 달리 본인의 뜻을 고수하고 비밀로 하고 결혼했었다. 그러다 보니 내가 임신 후 간질이 심해지자 입덧과 몸이 힘들다는 핑계들을 대고 시댁 식구들과 나를 차단한 채 지냈다. 그는 나의 간질로 행여 아이가 배 속에서 잘못될까 봐 불안에 떨며 임신 10개월 내내 나를 원망하며 혼자서 몹시 힘들어했다.

이를 지켜보시던 우리 엄마가 간질로 힘든, 임산부인 딸이 혼자 학원 일을 다 하고 있는 게 안쓰러우셨는지 참다 참다 사위에게 처음으로 전화로 한소리를 하셨다. 남편은 내 배 속의 태아 걱정으로 혼자 끙끙대다가 우울증에 빠진 상태였던 터라 장모님의 행동을 받아들이기 힘들었던 것 같았다. 그러나 난 내 몸이 너무 아픈 상태여서 그의 감정을 추슬러 줄 여력이 없었고, 나 역시 그에게 불만이 쌓여갔다. 남편이 현재 누구를 걱정해야 하는 건지 그의 행동이 이해하기 어려웠다. 임신 상태에서 아픈 건 나인데 침대에 온종일 누워있다가 저녁이 되면 소파에 누워 TV를 보면서 쉬고 있는 건 남편이었다. 이렇게 서로에게 불만이 가득 쌓여있던 상태에서 제발 좀 침대에서 일어나라는 나의 한마디에 그는 그간 참았던 감정이 폭발했는지 출근 준비하는 내 앞에서 "내가 죽는 꼴을 봐야 입을 다물겠냐?"라며 식칼로 손목을 긋는 자해를 벌였다.

그를 말리던 내가 되레 칼에 깊게 베어서 왼쪽 엄지손가락에서 피가 철철 넘쳐흘렀다. 임산부인 내 몸에서 그런 출혈이 일어나자 너무 겁이 났고, 남편은 놀라서 수건으로 피가 쏟아져 나오는 내 왼손을 감싼 뒤, 같이 응급실로 갔다.

나는 임신 상태였기에 베인 손가락 부위 최소한만 부분마취를 하고 꿰맸다. 임산부라 진통제도 먹을 수 없었다. 고로 마취가 끝나고 난 후 난 온몸으로 수술한 부위의 통증을 느껴야 했다. 살을 에는 듯한 통증에 한겨울의 추위로 아픔을 잊고자 밤에 집 밖으로 나와서 밖에서 오들오들 떨면서 계단에 앉아 통증을 참던 기억이 난다. 안데르센의 명작동화 『성냥팔이 소녀』처럼 추위에 몸을 웅크리고 있으면 졸음이 쏟아져서 잠을 잘 수 있길 바랐다.

임신 10개월 내내 정작 몸이 아프고 힘들어 괴로운 건 임신한 나였다. 나 때문에 힘들다며 꼼짝하지 않고 안방 침대에 드러누워 있었던 건 남편이었다. 나는 임신 기간 내내 거실 바닥에서 잠을 잤다. 그러다 임신 우울증이 찾아왔다. 사소한 문제로 내게 화가 난 그는 일하고 온 나에게 또 온갖 쌍욕을 하며 네가 살든 죽든 상관없다는 막말을 내뱉었다. 남편의 얘기를 들은 후 난 자살하려고 간질약 30알을 털어 넣었다. 그 당시의 난 제정신이 아니었다. 아이에겐 미안했지만, 이 아이는 내 배를 가르고 인큐베이터에서 살 수 있겠지 싶었다. 그러다가 강한 태동에 난 곧 정신을 차렸고 혼자 택시를 타고 응급실로 가서 위세척을 했다.

"저녁때 아무것도 안 드셨나 봐요. 그래서 다행히도 약들이 그대로 다 나왔어요. 빨리 잘 오셨네요."라는 의사 선생님의 말씀이 선연하다. 왜냐면 그 말이 너무 서글펐기 때문이다.

'아…. 나 일하느라고 밥을 못 먹었지. 퇴근 후 바로 남편 저녁밥 차려주다가 욕먹고 이랬던 거지.' 하는 생각에 수액을

맞는 동안 눈물이 끝없이 흘러내렸다. 그냥 내 신세가 처량하고 불쌍했다. 내가 어쩌다 이러고 사는 걸까. 뭘 위해 이 모든 걸 끌어안고 살고 있지? 남들은 임신했을 때가 가장 사랑받고 행복한 시기라던데 내겐 이조차도 사치인 건가.

병원에서는 내게 정신과 선생님과의 상담을 권하였고, 남편이 우리 아빠에게 내가 자살 시도한 것 같으니 가보라고 알려서 온 가족이 놀라 허겁지겁 왔다. 나는 면목이 없었다. 그리고 정작 보호자인 남편이라는 사람은 끝까지 병원에 오지 않았다.

부부에게 중요한 것이 남편과 아내 서로일까 자식일까? 부부관계가 좋아야 자식도 잘 키울 수 있을 것이다. 자식은 어차피 독립해서 나갈 또 다른 존재이지 않은가. '부부'라는 관계는 검은 머리가 파뿌리 되도록 함께 인생의 길을 걷는 사이인데 그는 인생 파트너의 소중함을 전혀 모르는 그런 남자였다. 10년이라는 오랜 시간 동안 난 이 사람의 무엇을 보고 배우자로 선택한 것인가? 나의 이 무지한 선택으로 이제 본격적인 인생의 파국은 시작됐다.

## 4

# 때려서라도 데리고 살아야지

우리 가족들은 처음으로 내게 이혼을 강권했다. 아니 정확히 말하자면 가족들이 내가 이렇게 사는 걸 처음 알게 된 것이다. 그러나 나는 배 속 아이에게 부와 보의 역할이 모두 중요하다는 걸 알아서 이혼할 수 없었다. 일단 내 인생이니 아이를 낳고 살아보겠다고 고집을 부렸다. 글을 쓰면서도 과거의 내가 답답하지만 난 내가 왜 이렇게 선택했는지 그 이유를 알고 있다.

초반 아이의 탄생으로 한 달은 행복했다. 결혼 이후 처음 맛보는 행복과 편안함이었다. 그러나 그것도 잠시일 뿐 조리원에서 돌아온 후, 남편은 본격적으로 대놓고 폭력을 행사하기 시작했다. 내가 아이에게 젖을 먹일 때였다. 우리 엄마와의 통화

후 화가 난다며 "앞으로 널 3번 때려서 관계가 나아지지 않으면 그땐 이혼하마."라고 말하더니 젖 먹이던 아이를 옆으로 내려놓으라고 말했다. 뭘 어쩌려는 거지 싶었으나 일단 그를 진정시키고자 아이를 내려놓았다. 그러자 갑자기 날라와 무자비하게 날 때리기 시작했다. 지금까지 누구에게 그렇게 맞아 본 적이 없는 나는 정신을 차릴 수 없었다.

그는 내게 폭력을 행사한 후 자신의 어머니를 불렀다. 그의 어머니는 출산한 지 2개월도 안 된 며느리가 자기 아들에게 맞아서 얼굴이 퉁퉁 부은 걸 보면서 담담히 이렇게 말했다.

"그래. 때려서라도 데리고 살아야지. 어쩌냐. (아들을 바라보며) 그나저나 너 손은 괜찮냐?"

그들의 행동과 정서가 왜 그러했는지 이제야 알 수 있었다. 그녀도 그렇게 살았던 것이었다. 평생 그렇게 살아와서 이들에겐 이게 당연한 거였구나. 앞으로도 그 어떤 것으로도 절대 바뀌지 않을 인간들이라는 걸 절감했다. 그녀는 놀란 기색이 전혀 없었다. 오히려 나를 때리느라 고생한 아들의 손이 부었는지 걱정해주고 있었다. 정작 얻어맞은 건 나인데 시어머니의 그 한마디에 뒤통수까지 세게 맞은 것 같았다.

난 살기 위해 결단을 내리고 아기 띠를 동여매고 '대한법률구조공단'으로 가서 가정폭력 대처법과 만약 '이혼소송'을 하게 되면 어떠한 증거들이 법적 증거로 쓰일 수 있는지 상담받기 시작했다. 이제 이 역경을 혼자서 헤쳐 나가야 했기 때문이다. 내 가족들에게 상처를 주다 못해 무거운 짐까지 지우게 할 수 없었다. 이 모든 건 내가 선택한 일의 결과니까. 더불어 멋모르고 태어난 내 아이를 보호해야 했다. 최대한 많은 전문가의 도움과 조언을 받아 가사 소송과 민법에 관한 공부를 하며 대비하기 시작했다.

그 이후 폭력이 일어날 때마다 '아이와 살기 위해' 증거들을 모으기 시작했다. 이러면서도 마음 한편으로는 아이가 커 가니 그리 끔찍이 여기는 아이를 봐서라도 남편이 변해주기를 바랐다. 남편의 자식 사랑은 본인의 말처럼 크지 않았다. 그는 본인 감정에 더 충실한, 생각보다 훨씬 더 이기적인 인간이었다. 아이 6개월 때는 베개로 마구 후려쳐서 엎드려 자고 있던 아이마저 같이 맞는 바람에 그 어린 것이 자다 놀라서 흐느껴 우는 모습에 가슴이 찢어지는 것만 같았다. 아이는 실수로라도 건드리면 안 되지 않냐고 울부짖는 내 말에 그 후로는 아이와 떨어져 있는 곳에서 나를 때리기 시작했다. 주로 허벅지, 등, 가슴, 머리 등 옷으로 가릴 수 있거나 때려도 티가 안 날 부위를 집중적으로 때렸다.

하루는 또 화가 나 내게 무릎 꿇고 자기를 쳐다보라고 해서, 아이가 깰까 봐 시키는 대로 했다. 그러더니 그는 갑자기 발바닥으로 내 얼굴을 내려찍었다. 순간 목이 부러지는 듯한 통증과 함께 남편의 행동에 인간적인 치욕마저 느껴졌다. 이것은 결코 배우자에게 할 수 있는 행동이 아니었다. '내가 지금 조폭 영화를 찍고 있는 걸까?' 난 이 비정상적인 행동에 생명의 위협마저 느껴져서 허겁지겁 맨발로 뛰쳐나가 핸드폰으로 112에 신고했다. 집에 온 경찰들은 남편이 맨정신이라는 것을 확인한 후, 사소한 부부싸움 정도로 판단하고 웬만하면 갓난아이도 있으니 자제하시라는 말만 남긴 채 남편을 좋게 타이르고 돌아갔다. 이들은 남편이 술도 안 마셔서 홧김에 나온 실수라고 느낀 것 같았다. 내 딴에는 정말 큰 용기를 내어 경찰에게 SOS를 청한 건데 이렇게 끝나버려서 너무 허망했지만, 경찰을 부르고 우리 집에 왔었다는 이력이 남아있으면 그조차도 법적 증거가 될 수 있기에 난 그것으로 위안 삼았다.

그 후 남편은 점점 더 지능적으로 폭언과 폭행을 다양하고 잔인한 방식으로 행사했다. 때릴 때마다 내 핸드폰을 뺏어서 던져버리고 날 안방으로 끌고 들어가서 아이를 거실로 내보낸 뒤 문을 닫고 침대에 날 강박하며 '오락실 펀치기' 때리듯이 여기저기 때려댔다. 그러다가 1~2년에 한 번은 정기적으로 식칼을 꺼내 계속 자살하겠다고 하질 않나, 수시로 집안 살림을 박살 냈다. 난 유리그릇들이 깨져서 그 자잘하고 날카로운 유리 조각에 아이가 다칠까 노심초사하면서 집 안을 청소하는 것도 진절머리가 나기 시작했다. 말로는 끔찍이 자식을 위한다면서, 임신했을 때 아이가 잘못될까 노심초사하면서 지내던 인간이 맨정신에 이런 행동들을 아이 앞에서 저지른다는 것을 이해할 수 없었다. 화가 나면 자식이 보는데도 전혀 아랑곳하지 않고 난폭하게 행동하고 쌍욕을 입에 달고 사는 그가 이제 가증스러워 보였다.

아이가 슬슬 '공포심'을 알 만한 3살이 되어갈 무렵 딸아이는 아빠에 대한 공포심이 본능적으로 생긴 것 같았다. 아빠가 조금만 큰 소리를 내도 엄청나게 놀라고 두려워하는 모습을 보였다. 난 아이가 염려스러웠다. 이렇게라도 억지로 친부의 자리와 가정을 유지하는 것이 옳은 건지 슬슬 혼란스러웠다.

딸아이 3살 12월에 또 화가 난 남편은 나를 안방으로 끌고 가서 문을 닫고 때렸다. 방구석으로 몰려서 맞던 내가 "이런다고 애가 모를 거 같아? 그만 때려!"라고 말하자, 내 얼굴을 향해 권투선수처럼 회심의 주먹을 날려서 내 눈과 얼굴에 멍과 타박상이 생겼다. 내 얼굴에 피멍이 번져나가자 누가 봐도 맞았다고 느낄 수밖에 없는 몰골이 되었고, 화장으로도 커버가 되지 않았다. 이 상태에서 나는 계속 학원을 운영해야 했다. 남편 역시 약 2주 넘게 내 피멍 든 얼굴, 즉 본인의 작품과 불편한 대면을 해야 했다. 이 사건을 계기로 그의 가정 폭행이 만천하에 드러났고 그 이후 더 이상의 폭력은 없었다. 그는 '자식의 눈'보다 남의 시선과 본인의 체면이 더 중요했던 모양이다.

누군가 지금 가정폭력을 당하고 있다면 제발 그 삶을 하루빨리 청산하라고 말해주고 싶다. 우리는 세상 아래 평등한 존재이다. 사람이 사람에게 이런 폭력을 휘두르는 행위는 합리화할 수 없다.

김혜자 님의 『꽃으로도 때리지 말라』라는 책이 있다. 책의 내용은 좀 다르지만, 나는 이 제목이 몹시 와닿는다. 하물며 꽃으로도 때리지 말라는데. 나는 그 누구에게도 폭력을 당할 이유가 없는 소중한 존재인데 오로지 자식 때문에 폭력과 폭언이 일상인 결혼생활을 바보같이 참았다. 정작 아이는 참아달라고 한 적이 없는데.

5

## 그냥 좋은 엄마가 되고 싶었어

한동안 정말 잠잠하게 살았다. 남편이 이제 정말 정신을 차렸나 보다 생각해서 결혼한 이후 처음으로 사이좋게 지냈다. 그러나 그런 '평화'도 잠시였다. 얼마 못 가서 그가 성性 업소 여자와 외도를 했다는 사실이 내게 발각되었다. 그것도 우리 아빠 생신날 밤에 말이다. 처음에 그 내연녀의 직업부터 만남까지의 과정을 몽땅 속여서 정말 사업 때문에 우연히 만난 사업하는 여자인 줄 알았다. 그래 얼마나 대단한 여자이길래 처자식을 두고 바람피웠나 싶어서 그 내연녀를 만났더니 모자를 눌러쓴 자그마한 어린 여자가 내 앞에 와서 앉았다.

단도직입적으로 내가 알고 싶었던 질문–동거, 성관계 여부 등–을 하자, 그녀는 고개를 떨구며 이혼 절차 중이라고 해서 만났다며 내게 사과했다. 그뿐 아니라 핸드폰에 아이 사진도 없고, 전혀 언급한 적이 없어서 아이가 있는 유부남이라고는 예상도 못 했다며 고개를 떨구며 연신 죄송하다고 말했다. 그러고는 본인 때문에 아이까지 있는 가정을 깨지 않으셨으면 좋겠단다. 어떻게든 죄를 은폐하려는 내 남편보다 28살짜리 이 내연녀가 낫네. 제길… 비참했다.

차라리 남편이 처음부터 솔직히 내게 말을 했다면 내가 그 내연녀를 만나서 이렇게까지 처참하진 않았을 것 같다. 남편보다 내연녀가 아이가 있는 내 가정이 깨지지 않기를 더 바라는 것 같았다. 난 커피숍에서 남편의 내연녀로부터 모든 이야기를 듣고는 테이블에 머리를 몇 번이고 처박으며 흐느껴 울었다. 이 현실을 믿고 싶지 않았다.

하아… 결혼 4년 만에 폭력을 멈추더니 이제는 외도나 하는 이런 남자 때문에 내 젊은 날의 청춘과 기회, 그리고 그 오랜 가정폭력, 시댁의 부당한 폭언과 횡포들을 참은 게 아닌데… 탄식이 저절로 나왔다. 남편이자 아빠로서의 그의 자리와 우리 가정을 지키기 위해 7년간의 결혼생활에서 당한 모든 수모와 고통을 이 악물고 참고 살아왔는데… 내가 견뎌온 건 이런 꼴이나 보려고 그랬던 게 아니란 말이다!!!

너무 억울해서 구역질이 나고 피눈물이 날 것 같았다. 이 와중에 시어머니는 끝까지 아들을 감싸고 돌면서 남자가 살다 보면 그럴 수 있다, 시아버지도 젊었을 때 그랬다, 네 남편이 꽃뱀한테 당한 거니 봐주라는 둥 수긍하기 어려운 말을 늘어놓았다. 7년이라는 결혼생활 동안 그들은 단 한 번도 아들의 잘못된 행동에 대해 인정한 적도, 아니 위로조차 해준 적이 없었다. 그저 불합리한 행동에 대해 나의 '무조건적 이해'만 강요했다.

난 일주일간 잠을 전혀 못 잤고, 학원에도 출근할 수 없었다. 내가 생각보다 이 남자를 많이 믿고 살았다. 바람은 피울 줄 몰랐다. 배신감에 몸서리를 치고 잠을 전혀 잘 수 없어서 침대에 시체처럼 누워 있었다. 밤마다 '저기에 목을 매달면 편안해져.'라는 속삭임의 환청이 들리기 시작했다. 하루하루 그 소리가 점점 크게 들리면서 진짜 그렇게 행동해야 할 것만 같았다. 그래, 그냥 차라리 죽는 게 이 꼴 저 꼴 안 보고 편할 것 같았다!

그때 내 눈에 들어온 게 자고 있던 천사 같은 딸아이였다. 난 살아야만 했다. 난 엄마니까. 내게는 이제 내가 책임지고 키워야 할 사랑하는 나의 분신, 내 딸이 있으니까. 환청 때문에 두려워서 새벽 5시에 전화를 받을 수 있는 사람들을 찾아 전화해댔고, 다행히 딸아이를 항상 봐주시던 우리 이모가 전화를 받아주었다.

이모는 “정신 차려! 애 생각해! 지금 밥도 며칠째 안 먹고, 잠도 못 자서 그런 거니까 내일 수면유도제라도 처방받아서 먹고 꼭 자. 이럴수록 아이 생각해서라도 정신 단단히 붙들어 매야 해.”라고 일침을 놔주셨다. 그리고 다음 날 바로 수면유도제를 먹고 잠을 청했다.

약 10일이 지난 후, 이 개 같은 결혼생활을 전면 정리해야겠다고 결정했다. 내가 할 수 있는 최선을 다했기에 1할의 미련이나 후회도 없었다. 말로만 자식 위하는 이기주의에 위선자. 나는 그에게 내가 그간 모아둔 폭력 자료들을 던지고 나의 요구대로 협의이혼을 할지, 법원으로 가서 소송할지 결정하라고 말했다. 그렇게 7년간의 지옥 같았던 결혼생활은 그의 폭행, 폭언, 외도와 거짓말, 시댁의 부당한 언행 때문에 협의이혼으로 종지부를 찍었다.

이혼 후 ‘내가 바보도 아닌데 이제껏 왜 이렇게 참고 살았을까?’ 나에 대해 냉정하게 생각해보니 그 이유를 알 수 있었다.

27살이라는 어린 나이부터 학원을 운영하면서 한 부모 가정의 양육자들이 ‘한 부모 가정의 은폐’를 위해 애쓰는 모습을 보아왔다. 또 한 부모의 결핍을 채워주려고 아이에게 행하는 다양한 행태의 행동 때문에 결국은 아이가 잘못 커가는 모습을 볼 수 있었다. 나는 한 부모 가정의 제자들이 모나게 행동할 때마다 가슴이 아팠고, 그때 속으로 다짐했다.

'나는 결혼해서 아이를 낳으면 절대 한 부모 가정에서 크게 하지 않을 거야. 엄마와 아빠라는 두 존재가 엄연히 각각의 중요 역할이 있음을 반드시 인정하고 존중해줘야지. 애 앞에서 저렇게 상대편 배우자를 깎아내리고 일부러 못 만나게 하지 않을 거야.'라고 말이다.

이것이 내게 무의식적으로 너무 큰 신념이 되었던 거 같다. 고로 지금껏 '아이를 위한 미련한 희생'을 해왔다. 그렇게라도 해서 아이에게 '허울 좋은 가정'을 만들어주고자 혼자 모든 고통을 감내해왔다. 아이에게 최선을 다해 좋은 엄마가 되어 주고 싶었기 때문이다.

과연 이런 희생이 옳았을까? 난 엄마로서 최선은 다했으나 그 '부패한 가정'을 유지하려던 잘못된 방향의 최선이 되레 내 아이에게 '독'이 되고 말았다. 아빠의 폭력과 폭언을 아기 때부터 본능적으로 느끼고 보고 자란 아이가 안정적인 심리상태를 가질 수 있을까? 아빠에게 맞는 엄마의 모습을 본 아이의 자아가 과연 단단하고 자존감이 높을 수 있을까? 난 노력했지만 결국 지금 초등학생이 된 내 딸아이의 마음은 많이 곪아있는 상태이다.

결국은 내가 행복해야 내가 아끼는 자식, 가족, 지인 등 주변인들도 행복할 수 있다. 또한 나의 자존감이 단단해야 내 사랑하는 아이의 자존감도 단단해질 것이다. '부모는 자식의 거울'이라는 말은 참된 진리였다. 부디 다른 사람들은 나같이 어리석은 아집으로 지뢰밭 같은 인생을 살며 소중한 시간을 허비하지 말기를, 또한 자신을 스스로 나락으로 떨어뜨리지 않기를 진.심.으.로. 바란다.

6

## 허울만 좋은 '법'이라는 울타리

이혼 후 나는 아이와 함께 평화롭게 살았다. 학원도 잘 운영하면서 만나고픈 사람들도 만나고 운동도 하며 오랜만에 사람답게 지냈다. 또 어렸을 적부터 춤을 좋아했던 나는 취미로 춤을 배우기 시작했다. 이 취미 생활을 하다가 새로운 사람을 만나게 되었다. 그는 참 순리에 맞게 사는 듯 보였다. 주변 사람들에게 평도 좋았고 온순했다.

우리는 서로 친하게 지내다가 가까워졌고 그 또한 아내의 외도로 이혼했다는 사실을 알게 되면서 급격히 라포(공감대)가 형성되었다. 남편의 부재로 아이가 외롭거나 힘들지 않을까 걱정하고 있던 찰나라서 한번은 아이에게 소개하고 함께 가볍

게 드라이브를 했다. 딸아이도 그에게 호감을 보이고, 그 역시 아이를 바라보는 눈빛이 매우 따뜻했다.

몇 개월의 본격적인 교제 이후, 우리는 아이와 함께하는 시간을 조금씩 늘렸고, 딸아이도 그를 매우 잘 따랐다. 전남편과는 정반대 성향의 사람이었기에 이 사람이라면 정말 좋은 아빠가 되어 줄 수 있겠다는 확신이 서서히 들었다.

교제한 지 7개월 정도 되었을 때, 둘 다 가정을 만들고 싶다고 생각했고 양가 부모님께 인사를 드리게 되었다. 첫 결혼의 실패를 혹독하게 치른 후라 시부모님이 될 수 있는 분들과의 첫 자리가, '시부모님'을 면접하는 자리로 나의 관점이 바뀌어 있었다. 아버지라는 분의 행동, 어머님을 대하는 언행 그 모든 것을 하나하나 살펴보고 안심한 나는 나의 부모님께 10장이 넘는 편지로 왜 내가 이 사람과 결혼하려 하는지를 마음을 담아 적어드렸다. 부모님 입장에서는 힘든 결혼 생활 끝에 이혼한 지 얼마 안 된 딸아이가 신중한 판단을 한 건지 걱정이 앞서는 것이 당연했다. 우리 부모님은 나의 편지에 마음이 동하셔서 그를 직접 만나 보셨고, 그 후 결혼을 허락해주셨다.

전남편은 이혼했는데도 정신을 못 차리고 내가 본인 외에 다른 남자를 만났다는 사실에 놀라고 분노하여 내 집에 와서 깽판을 쳤고, 동네에서 누가 보면 내가 바람난 사람처럼 소동을 피웠다. 집 근처에 학원이 있었던 터라 고민 끝에 난 학부모님들께 나의 이혼 사실과 사유를 말씀드렸고, 양해를 구하고 학원을 급히 접어야 했다. 10년 넘게 내 청춘과 모든 노력을 바쳐서 준비하고 꾸려왔던, 나의 20~30대의 전부가 담긴 학원이었다. 전남편의 경거망동 때문에 이렇게 갑자기 정리해야 한다니 가슴이 아파서 며칠 동안 얼마나 많이 울었는지 모른다.

그의 집착과 괴롭힘은 시작에 불과했다. 내가 재혼한 남편 집으로 이사하고 전남편은 아이와 면접하며 지내다가 내가 임신한 사실을 알게 된 후, 본격적으로 '딸아이'를 가지고 날 괴롭히기 시작했다. 면접하다가 아이를 납치한 것이었다. 당시 5세였던 딸아이를 데려가서 약 한 달간 아이와 통화도 못하게 한 채 그는 날 협박하기 시작했다.

나는 변호사를 찾아가서 상담했다. 변호사를 통해 전남편과 내가 '공동친권'이기 때문에 '납치'로 성립되지 않는다는 믿을 수 없는 현실을 접했다. 임신한 나는 아무것도 먹을 수 없어서 유산 위기까지 가게 될 정도였으나, 딸아이가 염려되어 포기하지 않고 계속 법원 측에 어린 딸아이를 내게 데려오게 도와달라고 호소했다. 공동친권이어도 이건 정당화할 수 없는 일이었다. 심지어 전남편은 엄마인 내가 딸의 행방을 못 찾게 하려고 이사까지 해서 집 주소도 알 수 없는 상태였다.

하루하루가 지옥 그 자체였다. 그 인간과 이혼을 해도 이 지경이라니. 만삭인 어미가 잃어버린 딸을 만나게 해달라고 하소연했으나 그놈의 '공동친권'이라는 딱지 때문에 시간이 걸렸다. 겨우 집 주소를 알아내서 엄마와 둘이 찾아가니 전남편은 창문으로 오만 쌍욕을 하며 꺼지라고 했다. 안에서 겁먹고 떨고 있을 딸아이가 걱정되어 경찰을 불러 들여보냈으나 아이가 경찰의 부름에도 쳐다보지 않고 방에 가만히 있다는 말만 듣게 되었다. 경찰들은 그 이상을 해줄 수 있는 것이 없었다. '공동친권자'이니까.

5개월이 지나 아이의 신변 확인을 위해 아이를 데리고 법원 면접실로 오라는 법원 명령이 떨어졌다. 사복을 입고 아이와 전남편을 보기 위해 기다리던 여자 판사님은 그녀가 판사인지 모르고 아이도 데려오지 않은 채 본인의 평소 모습을 여실히 보여준 남편의 민낯을 보시게 되었다. 그리고 그 판사님께서 단번에 '면접 이행 명령' 판결을 내려주셨다.

그렇게 5월 봄에 납치당한 딸을 11월 겨울에 만나게 되었다. 재판을 준비하는 동안 나는 다행히도 무사히 아들을 출산하였고 딸아이는 그렇게 꿈에 그리던 엄마를 만나고, 아가 동생을 보며 다시는 아빠에게 가고 싶지 않다고 내게 울며 하소연을 했다. 난 상대방에게 아이와 시간을 좀 더 보낼 수 있게 해달라고 부탁하고 아이를 보내지 않았다.

난 내가 준비할 수 있는 모든 자료를 준비해서 법으로 싸웠다. 마침내 엄마인 나에게로 '단독친권' 판결이 나기 바로 일주일 전 수요일이었다. 내가 잠시 일을 보러 나간 사이, 남편이 갓난쟁이 아들을 데리고 딸과 놀이터에서 놀고 있는데 어떤 남자가 나타나 딸아이를 데려가려 했다. 남편은 아들을 품에 안은 채 한 손으로 딸을 납치하려는 그 남자의 목덜미를 잡았고, 숨어 있던 전남편이 나와서 목덜미를 붙잡고 있던 남편의 팔목을 가격해서 몸싸움이 벌어졌다. 그들은 딸아이를 데리고 도망갔다. 이걸 보던 아파트 주민들과 놀이터에 있던 중학생들이 경찰에 유괴범죄라고 신고해서 강력계 형사들이 왔다.

난 이 소식을 듣자마자 혼비백산이 되어 아파트로 왔고, 내가 왔을 때는 이미 아이가 납치된 후였다. 아파트 경비실에 있는 CCTV로 딸아이를 쌀가마니 마냥 들고 뛰는 낯선 남자의 모습과 숨어서 망을 보던 전남편의 야비한 모습을 보게 되었다. 영화에서나 볼 법한 일이 내게 벌어지면서 다리에 힘이 풀려서 주저앉고 말았다. 이게 친아빠가 할 행동인가!

결국 그들은 저녁까지 경찰서로 안 오면 체포하겠다는 연락을 받고 경찰서로 왔고, 아이의 안위는 경찰이 확인했다. 그러나 이 일에 관련된 사람들은 체포되지 않았다. 일을 지시한

사람이 '공동친권자'라서 무혐의로 풀려났다. 나는 피가 거꾸로 치솟는 것같이 분노했다. 이게 우리나라 법의 현실이었다. 난 '공동친권' 때문에 이런 일이 종종 일어난다는 사실을 나중에서야 알게 되었다.

우리나라의 아동 인권은 어디에 있나? '친권자 변경'에 있어 아이의 안위가 우선일까, 권리나 증거가 우선해야 할까? 아이의 진술이나 의견은 어려서 신빙성이 없다고 인정하지 않고, 아이가 굶어 죽기 전이나 피해받고 있는 정확한 물증이 나오지 않는 한 친권자를 변경해주지 않는 우리나라 법은 잘못되어도 한참 잘못된 것 같다. 특히 이혼율이 높은 우리나라에서는 좀 더 유연하게 집행되어야 하지 않을까? 아이들은 이혼한 부모 사이에서 무슨 죄인가? 그러니 아동 폭행 및 아동학대가 늘고 있는 게 아닐까. 허울만 좋은 법인 것이다.

# 7
# 내가 신이 아니라서

나의 딸아이는 확정 재판을 일주일 앞두고 그렇게 친아빠에게 부도덕한 방법의, 말 그대로 '납치'를 당했다. 이게 진정 딸아이를 생각하는 아비의 행동일까! 나는 그 새끼를 갈기갈기 찢어 죽여버리고 싶었다. 아이가 납치된 날 밤, 난 정신이 나가서 집에 있는 식칼을 들고 그 새끼를 죽여버리고, 나도 죽겠다며 집을 나서려 했다. 남편은 미쳐있는 날 붙잡고 울기 시작했다. 딸아이를 끝까지 못 지켜서 당신한테 정말 미안하지만 나와 우리 아들은 그럼 어떻게 하냐며 참아줄 수 없겠냐며. 그 모습에 차마 내 뜻대로 할 수 없었다. '아… 내겐 지금 가정이 있지. 엄마가 필요한 8개월 된 아들도 있지.'

딸이 그렇게 납치된 후 한동안 제정신으로 살 수가 없었다. 정신을 놓고 반쯤 미쳐있었다. 그저 딸아이가 걱정되고 너무 미안했다. 그런 인간이 아이의 친아빠라는 사실이 싫었고, 진작에 이혼했더라면 엄마가 힘들었던 꼴도 안 보게 하고, 이런 험한 일도 두 번이나 당하게 만들지 않았을 터인데 일찌감치 혼자 키울걸 하는 후회와 자책이 물밀듯 밀려왔다. 딸에게 이런 큰 시련을 겪게 해서 정말 미안했다. 다 나 때문인 것 같았다.

하루는 이 진절머리 나는 고통의 연속인 내 인생이 너무 싫어서 아파트 베란다에서 뛰어내려 벗어나고 싶었다. 내 곁을 지켜준 친구 인선이가 잠시 화장실을 갔을 때였다. 그때 난 '내가 지금 뛰어내려버리면 죄 없는 내 친구는 평생 본인이 자리 비운 이 순간을 곱씹으며 스스로를 책망하며 살겠지?' 하는 생각에 친구에게 미안해서 결국 못 뛰어내렸다. 열 일 제치고 날 지켜주고 있는 사랑하는 친구에게 못 할 짓이지 싶었다. 딸아이의 두 번째 납치 후 내가 제정신으로 돌아오기까지는 정말 아주 많은 시간이 필요했다.

그사이에 계속 재판했고, 납치당한 딸아이는 한참 뒤 법원에서 볼 수 있었으며 바로 심리검사에 들어갔다. 심리검사 결과는 참혹했다. 법원의 심리상담 결과 아이의 정서 상태가 매우 불안정했고, 폭력적 성향도 보이며, 정상이 아니라는 것이다.

그런 일을 당하고 집에만 갇혀 지냈으니 놀라울 일도 아니다. 가슴이 찢어지는 것 같았다. 법원 심리검사 결과를 토대로 여러 번의 재판을 거쳐 납치 1년 만에 딸아이는 결국 나의 품으로 오게 되었다.

지금까지의 나의 이 두 번째 결혼생활이 전반적으로 어땠을까? 우린 '내 딸아이'의 문제로 행복한 날보다 힘든 날이 훨씬 많았다. 딸 문제로 전남편은 우리 아파트에 와서 행패를 부리고, 난 그런 그와 싸우다 땅에 나가떨어져 뇌진탕으로 구급차에 실려 가기도 했다. 또 전남편은 사람들을 동원해 와서 아이 유치원에서 등원하는 아이를 데려가려고 난동을 피우는 등 조용할 날이 없었다. 그는 내가 딸을 얼마나 끔찍이 여기는지 아니까 딸아이를 이용하여 날 괴롭히고 싶었던 것 같다. 내가 딸을 데리고 재혼해서 알콩달콩 잘 사는 모습이 못내 못마땅했던 모양이다.

4년에 걸친 전남편의 여러 난동 때문에 화목했던 우리 가정은 흔들리기 시작했다. 또한 4년 동안의 아이 재판과 변호사 선임 비용, 딸아이 납치로 인한 나의 우울증과 아이에 대한 걱정에서 헤어 나오기 위해 일중독에 빠진 아내의 모습 등으로 내 남편은 지쳐갔다.

우리 사이는 전과 같지 않았다. 지금 생각해보면 그의 입장이 이해된다. 나와 결혼한 뒤, 이혼한 전남편 문제로 이렇게 힘들 거라고 짐작조차 못 했을 것이다. 나조차도 전혀 예상 못 했는데! 그 인간과 이혼을 하면 이 지옥 같은 생활은 끝날 줄 알았다.

결혼해서 난 온통 내 딸에 대한 걱정뿐이었다. 난 딸아이가 납치될 때마다 "그래도 친아빤데 애를 어떻게 하겠어? 괜찮을 거야."라며 날 위로하는 지인들의 말이 전혀 귀에 들어오지 않았다. 딸이 돌아올 때까지 나는 정상적인 멘탈이 아니었다. 힘든 결혼생활이었던 것도 인정하고, 내 남편의 심정이 어땠을까 이해가 되지만, 그래도 그는 정말 해서는 안 되는 일을 저지르고 말았다.

어느 날, 내 딸아이의 납치를 도왔던 전남편의 현재 아내 'L'에게서 도와달라는 연락이 왔다. 자기가 속아서 결혼한 거 같다며. L은 임신한 상태에서 내 딸의 납치를 도왔던 여자였고, 알고 보니 내 딸을 납치했던 남자는 그녀의 남동생으로 자기 남편의 지시를 받고 한 거라는 걸 알게 되었다. L은 내 딸 유괴의 공범자였다. 기가 막혔다. 본인도 임신한 상태에서 남의 딸을 납치하는 걸 돕다니 생각이 있는 건가? L은 이미 우울증이었고, 태어난 남자아이는 여러 병에 쉽게 걸리는 면역력이 매우 약한 아이였다. 남편이 자기와 아픈 아들은 돌보지도 않고, 폭력적 성향이 있는 것 같다며 자기를 만나 달라고 부탁했다. 난 믿고 결혼한 남자이니 잘 살라고 말하고 L과의 전화를 끊어버렸다.

L에게서 몇 번 연락이 더 오고, 본인이 그간 어떻게 내 딸을 돌봐왔는지를 말해주어서 L을 만나게 되었다. L의 상태는 심각해 보였다. 순간 측은지심과 같은 남자를 남편으로 두면서 느낄 수 있는 그 고통에 대한 연민에 공감대가 형성되었다.

만남 이후 몇 번 전화 통화로 L을 상담해주다가, 어느 날 둘이 이혼했다는 사실을 알게 되었다. 홧김에 끝내자고 말한 남편의 말대로 바로 법원에 가서 이혼서류를 접수했다는 것이다. 그리고 내게 무작정 돈을 벌게 도와달라고 했다. L은 내 앞에서 본인과 본인 동생이 저지른 내 딸의 납치 사건에 대해 뉘우치며 무릎을 꿇고 사과했다. 20대 후반이었던 L은 이게 두 번째 이혼이고, 이미 첫 번째 남편과의 아이가 있는데 보고 싶다고 했다. 게다가 나의 전남편과의 돌쟁이 아이까지 데려와서 절박하게 도와달라며 사정했다.

난 L의 이야기를 듣고 당황스러웠다. 생각지도 못한 고백에 혼란스럽고 그저 어린 아이만 측은했다. 내가 고민하고 있을 당시, 내 딸아이가 "새엄마 L이 없었다면 아빠 때문에 많이 힘들었을 거야."라고 말했던 게 떠올랐다. 내 딸아이를 잘 돌봐준 것에 대한 보답이라 생각하면서 그들을 돕기로 어렵게 마음먹었다. 밖은 추운 겨울이었고, 이들이 갈 곳이 없었기에 나의 남편에게 전후 사정을 설명하고 집을 구하는 약 일주일간 그 부녀를 우리 집에 머물게 해주었다.

나는 그들이 집을 구하게 도와주었고, 내가 일하는 회사에 팀원으로 두면서 아무것도 모르는 L에게 일을 0에서부터 가르쳐 주었다. 함께 지내다 보니 그녀 또한 전남편에 의한 피해자라는 생각이 들면서 난 L이 정착하는 6개월 동안 한 달에 100만 원씩 보조지원금을 내 월급에서 떼어 줬다. 6개월 이후, L은 어느 날 나에게 말 한마디 없이 돌연히 회사를 그만두었고, 연락이 두절된 지 며칠 만에 만난 L의 모습은 이전과 180도 달랐다. 그게 L과의 마지막 만남이었다. 난 그녀에게 몹시 실망했고, 그녀를 진심으로 대했기에 상심했으나 그것으로 L과의 인연을 정리했다. 이때까지만 해도 L이 내 인생을 송두리째 흔들어 버릴 거라고는 생각 못 했다. 난 신이 아니라서 많은 시간이 흐른 지금까지도 L의 행동을 도저히 이해할 수가 없다. 만약 '불구덩이'가 존재한다면 바로 그곳이 L이 있어야 할 곳일 것이다.

## 8
## 배신감이라는 지워지지 않는 상처

2018년 9월부터 남편이 내게 갑자기 이혼을 강요하기 시작했다. 난 아이들 때문에 싫다고 말했고, 두 번 이혼은 정말 양가 부모님께도 불효이고 아이들에게도 해서는 안 되는 일이라며 거부했다. 나의 말에 그는 요구사항을 말했고, 나는 그에 부합하는 나의 이혼 금지 조건 사항을 함께 계약서로 작성했다. 시간이 흐를수록 그는 계약서만으로도 성에 차지 않았는지 나를 자극할 수 있는 행동을 하기 시작했다. 9시가 넘는 밤늦은 시간에 8살 딸아이만 놔두고 아들과 갑자기 나간다거나, 저녁을 딸아이만 빼놓고 먹는다거나 하는 예전에 전혀 하지 않던 평소 그답지 않은 행동을 해서 다투었으나, 난 그냥 버텼다.

그해 12월 31일 밤 9시에 갑자기 우리 부모님이 집에 오시게 되었고, 부모님 뒤로 회심의 미소를 지으며 남편이 따라 들어왔다. 그의 그 표정을 잊을 수가 없다. 그의 눈빛은 마치 '이래도 당신이 이혼을 안 하고 버틸 수 있나 보자.'라고 말하는 것 같았다.

그는 내가 그동안 사업하고 일한다면서 이렇게 저렇게 돈을 썼고, 공동 생활비를 함께 내기로 했는데 언제 언제 생활비를 내가 내지 않았는지 일일이 적어놓은 엑셀 파일을 부모님께 내밀었다. 나 때문에 본인의 지출이 많아져서 더는 버티기 힘들다며 이혼하게 도와달라고 나의 부모님께 하소연했다.

우리 부부는 둘 다 공동 생활비를 내서 그 안에서 생활을 유지하고 각자의 소득은 알아서 써도 관여하지 않는 특이한 케이스였다. 내가 우울증에서 헤어나오기 위해 사업에 뛰어들었을 때 데리고 있던 직원이 생활고에 빠져 돈을 빌려달라고 부탁해서 처음으로 신용대출을 받아서 2천만 원을 빌려줬었다. 돈을 받고 난 후 그 직원은 태도가 변했고, 난 돈을 돌려받지 못해서 힘들었다. 그때 남편이 자처해서 그 돈을 대신 갚아줘서 고마웠는데 그게 내가 남편에게 갚아야 하는 빚이 된 것이다. 돈 언제 갚냐는 남편의 말이 듣기 싫어서 돈을 빨리 갚고픈 마음에 처음으로 투자를 했다가 5천만 원 정도 사기를 당했다.

그는 늦은 밤 우리 부모님을 불러와서는 이런 얘기를 모조리 연세 드신 부모님께 늘어놓고 있었다. 심지어 우리끼리 쓴 계약서까지 직접 보여드렸다. 지금 내 앞에서 내 새끼들이 있는 집에, 내가 사랑하는 나의 부모님을 모셔놓고 뭐 하자는 건가? 우리 부모님께 이 집은 자기가 갖겠다며 이혼하고 당신들의 딸은 맨몸으로 나가게 해달라고 무릎 꿇고 사정하는 이 인간의 뇌에는 무엇이 들어 있는 걸까? 본인이 원하는 바를 얻기 위해 내가 가장 소중히 여기는 사람들을 이용하는 모습이 악랄한 악마 같았다.

엄마 아빠는 말을 못 이으셨고, 부부끼리 네 돈 내 돈이 어디 있냐, 이 집은 둘이 함께 마련한 건데 이 집을 다 주면 우리 딸은 어떻게 아이들을 키우라는 거냐는 둥 엄마는 이혼을 반대한다며 노발대발하셨고, 아빠는 기가 차셨는지 아무 말도 하지 않으셨다. 댁으로 돌아가시기 전, 현관문 앞에서 아빠가 날 보며 딱 한 말씀 하셨다.

"그래, 저런 남자가 네가 엄마 아빠한테 열 장의 편지를 써서 결혼을 허락해달라고 쓸 정도로 좋은 남자였냐?" 나는 한없이 죄송하고 면목이 없어서 아빠를 볼 수 없었고 눈물조차 안 나왔다.

그 후 더는 이 결혼을 붙들 수 없었다. 나는 이혼소송을 할 수도 있었고, 재산 분할을 할 수도 있었지만, 그 과정에서 또 내 새끼들이 고통받게 하고 싶지 않았다. 불현듯 지금까지 딸아이가 겪은 일련의 사건들이 '아이를 내가 키워야 한다는 엄마인 내 욕심'에서 비롯된 게 아니었나 싶어 이번에는 그냥 내가 모든 걸 놓기로 했다. 두 번 실수하고 싶지 않았다.

남편이 그 무엇보다도 '돈'이 중하다니 같이 마련했던 아파트와 재산을 다 주고 헤어지기로 했다. 난 맨손으로 밑바닥부터 삶을 시작해야 했다. 아들은 재산을 다 갖게 된 그에게 부탁했다. 다만 딸아이 때와 같은 전철을 밟지 않도록 법적 조치만 취해 놓았다. 그리고 딸아이는 다시 전남편에게 보내야만 했다. 딸은 안 가겠다고 울고불고, 나도 싫었지만 엄마가 반드시 너를 데려올 거라고 약속하고 보낼 수밖에 없었다. 안타깝게도 그때 내게는 아이를 키울 수 있는 돈이 하나도 없었기 때문이다.

그런데 협의이혼 후 2주쯤 뒤에 나의 집이었던 그곳에 내 딸아이 납치의 공범이자 전남편의 아내이고 내가 물심양면 도와줬던 그녀, L이 들어와 살게 된다는 사실을 알게 되었다. 두 번째 남편이 카톡으로 집에 방이 남아돌아서 L에게 월세를 주겠다는 내용을 내게 보낸 것이다. 내게 그 글은 그간의 여러 가지 정황과 견주어 보았을 때 '나 사실 L이랑 바람났었어요'로만 보였다. 난 L에게 온갖 화를 내고, 그 집에 들어가지 말라는 톡을 보냈으나 L은 내게 오히려 당돌한 답장을 보내왔다. 언행을 보면 L은 정상적 범주의 인간이 아니었다.

그녀의 톡을 읽고 난 바로 쓰러졌다. 온몸에 피가 안 통하고 점점 차갑게 얼어붙었고, 호흡곤란이 오기 시작했다. 도저히 숨을 쉴 수 없었다. 난 그냥 그렇게 차디찬 화장실 바닥에 한동안 쓰러져 있었다. 난 내 모든 걸 포기하고 나왔는데… 그 모든 파란이 결국 L 때문이었다니. 난 내 딸을 납치한 L의 죄를 진심으로 용서하고 돈까지 대주며 힘들 때 도와줬는데… 대체! 내게 왜!!!

다음 날 아침 일찍, L과 외도한 나의 두 번째 남편은 내 회사에 찾아와서 소란을 피웠고, 건물 밖 차 안에 있던 날 보고는 운전석 유리를 치며 L에게 당장 사과하라고 흥분하며 행패를 부렸다. 그와 살면서 평생 보지 못했던 낯선 모습을 보았다. 난생처음 보는 그의 비이성적인 행동이 그가 L 때문에 이혼했음을 확인시켜 주기에 충분했다.

나는… 배신감이 세상 제일 무섭다. 내 인생 첫 남자이자 남편이었던 자의 외도, 딸아이의 납치를 도운 것을 어렵게 용서하고 심적, 물적으로 도와줬던 전남편의 아내였던 'L이라는 여자'에 대한 인간적 배신, 그리고 두 번째 남편의 그 L과의 외도.

세상에 나 같은 바보 천치가 또 있을까? 한심하게 나는 이 세 사람 모두에게 온전히 내가 줄 수 있는 모든 마음을 줬었다.

우리가 아픔을 느끼는 계기는 다양하다. 파산, 죽음, 실패, 이혼 등 그 여러 가지 사건들을 통해 복잡 미묘한 슬픔과 온갖 부정적인 감정들이 우리 내면에 파고든다. 나는 그중 가장 치명적이고 오래 남는 상처가 아마도 '믿었던 사람에게서 느끼는 배신감'이 아닐까 싶다. 배신감만큼 심장을 깊게 찌르는 칼날은 없는 것 같다. 난 하늘에 대고 묻고 싶었다. 이런 모든 일을 당할 만큼, 내가 살면서 도대체 뭘 그리 크게 잘못했는지 말이다….

도저히 감당하기 힘든 배신감의 3연타를 맞고 평생 지워지지 않을 상처를 입은 나는, 6평 어느 오피스텔에서 홀로 호흡도 제대로 못 하면서 그렇게 정신적으로 죽어갔다.

3장

# 가을,

# 낙엽처럼
# 떨어졌을 때
# 비로소 진정한
# 인생이 열렸다

1

## 정신 차려보니 밑바닥이군요

내 나이 42살 1월에 난 지금까지 가지고 있던 모든 것을 잃었다. 그리 어렵게 함께하게 된 내 딸, 늘 딸 문제로 뒷전으로 밀려 있다가 비로소 많은 시간을 보내며 사랑으로 키우던 아들을 잃었고, 사랑하는 내 부모님께 상처를 드리고 신뢰를 잃었다. 사람은 물론이고 내 집, 내 재산 등 내게 남은 게 정말 단 하나도 없었다. 난 문자 그대로 '더는 잃을 게 없는 빈털터리 상태'가 되었다.

그냥 싸늘하고 황량한 사막 위에 혼자 뚝 떨어진 기분이었다. 6평짜리 오피스텔로 이사를 하고, 아이들과 떨어지면서 내 정신은 피폐해졌다. 도대체 내 인생은 왜 이런지 의문을 가지고 매일 하늘을 보며 물었던 것 같다. "도대체 왜! 왜 제게 이런 일들이 벌어지는 거죠? 고통은 그 사람이 감내할 만큼 주신다면서요. 저는 이 정도로 큰 고통을 감당할 수 있는 사람이 아니에요!" 살아오면서 내가 누군가를 이 정도로 힘들게 하거나 괴롭게 만든 적이 있는지를 돌아봤다. 아무리 생각해도 없는 것 같았다. 난 진정 최선을 다해 살아왔는데, 살면서 남을 해코지하지 않았는데… 원망으로 가득했다.

지금까지 내 이야기를 아는 몇 명의 지인들은 내 삶이 참으로 막장 드라마 같다고 말한다. 막장 드라마도 정도껏 하지, 이런 막장 드라마는 시청자한테도 과하다고 욕먹을 것 같단다. 난 그런 막장 드라마의 주인공인 삶을 살고 있다. 이것이 어린 시절부터 내 나이 41살까지의 삶의 스토리이다.

42살이 되자마자 인생 처음 '독립'을 하게 되었다. 난 맨손으로 밑바닥부터 다시 시작해야 했다. 처음 이사 와서 첫 2주는 밤마다 통곡했다. 너무 억울하고 내 아이들이 눈앞에 아른아른 미치도록 보고 싶었기 때문이다. 아마 엄마라면 누구나 이런 마음을 헤아릴 수 있지 않을까. 나의 아이들이 너무 걱정되었다. 이렇게 엄마랑 헤어지게 돼서 그 어린 것들이 얼마나 힘들까. 한창 엄마 손길이 필요한 나이인데….

'딸은 학교는 잘 다니고 있을까? 지금 마음이 많이 힘들 텐데… 아들 녀석은 아직 아기 같은데 유치원은 잘 다니고 있을까? 설마 엄마가 자기들을 버리고 집을 나갔다고 생각하진 않을까?' 아이들에 대한 그리움과 그들에 대한 걱정에 사로잡혀 울다 지쳐서 잠든 게 하루 이틀이 아니었다.

이때 나는 걸핏하면 저세상으로 갈 생각만 했었다. 나의 몸은 살기 위해 바득바득 이를 갈고 노력하고 있으나 정신은 이미 코마 상태처럼 그냥 죽어 있었다. 더는 살아야 할 이유도 모르겠고, 갈 길이 너무 멀고 내 앞에 놓여 있는 장애물들이 많아서 한 줄기 희망도 보이지 않았다. 내게는 이제 그런 것들을 헤쳐 나갈 에너지와 의욕이 조금도 남아 있지 않았다. 그동안 열심히 살아왔지 않은가. 그 힘든 날들 다 버티지 않았나. 그런 나에게 지금 무엇이 남아있나? 나보고 이 모든 것을 또 처음부터 일궈내라고? 삶이 의미 없다는 생각이 들고 그저 마지못해 생명을 연장하며 사는 것 같았다.

하루는 침대에서 넋 놓고 누워있다가 '아… 난 지금 밑바닥까지 왔구나. 그럼 더는 떨어질 곳이 없네.'라는 생각이 문뜩 들었다. 첫 결혼생활에서 가정폭력과 폭언을 당하며 살 때, 난 이것이야말로 밑바닥 인생이라고 생각했었다. 아니었다. 그땐 그래도 딸이라도 내 곁에 있었고, 내 학원도 있었고, 일도 성공했다. 지금의 난 그보다 훨씬 더 밑바닥, 정말 맨바닥에 떨어져 있는 것이다. 더 내려올 바닥이 있었다는 생각에 소름이 돋았다. 그 순간 '설마 또 이보다 더 내려갈 바닥이 있는 걸까?' 하는 불안감이 엄습해왔다. '정신 바짝 차려야겠구나. 이러다가는 정말 죽겠다. 내가 죽으면 아이들은?'이라는 생각이 들면서 내 인생을 하나하나 회고하기 시작했다.

어디서부터 어떻게 잘못된 것인지 원인을 찾고 싶었다. 내가 밑바닥이라고 믿었던 곳에서 더 내려온 이유는 바로 내 삶의 주체가 '나' 자신에게 있지 않았기 때문이 아닐까? 만약 내가 인생에서 '나'를 중심축으로 두었다면 지금 난 어떻게 살고 있을까?

아마 자식 때문에 그렇게까지 맞아가며 쌍욕을 먹으면서도 참고 살지 않았을 것이다. 자식 때문에 좋은 가정을 만들어주기 위해 결혼해야 한다는 생각을 쉽게 하지 않았을 것이다. 딸 걱정에 미쳐서 두 번째 결혼마저도 그리 힘들게 살지 않았을 것이다. 남편의 이혼 요구에 모든 중심을 '자식과 부모님'에게 맞추고 그런 계약서 따위를 써가면서까지 불행한 '쇼윈도 부부'의 삶을 유지하지 않았을 것이다. 이혼을 요구하는 그 남자의 행동 동기를 살피고, 나 역시 어떻게든 아이들과 살기 위해 냉정하게 시시비비와 이해손실을 따져보았을 것이다. 이렇게 아이를 위한답시고 모든 걸 다 줘버리고 병신처럼 속아서 이혼하

지 않았으리라.

'아무것도 가진 게 없는 사람은 무서울 게 없다.'라는 말이 괜한 말이 아닌 거 같다. 정말 가진 게 없어서 잃을 게 없으니 '인생에 있어 두려움'이 없어졌다. 고로 사람에게 '두려움'은 지킬 게 있을 때, 내가 살아야 할 이유가 있을 때, 하고픈 게 있을 때 느껴지는 감정인 것 같다. 그렇다면 과하지만 않다면 '두려움'이라는 감정이 꼭 나쁜 것만은 아닌 것 같다.

인생을 돌아보니 다 잃고 더 이상 지킬 게 없어서 두려움이 없는 바로 지금이, 진짜 내가 내 삶의 주인공인 '진정한 내 인생'의 출발선이 아닐까 싶었다. 돌이켜보니 난 이날 이때까지 단 한 번도 내 인생의 주인공인 적이 없었다.

2

## 살기 위해 때로는 미쳐야 한다

난 일할 때는 일에만 집중하는 것이 이미 평생 습관이 되어버려 열심히 일했다. 두 번째 이혼한 남편이 그 여자에게 사과하라며 내 직장에서 난동을 피우는 바람에 직장을 나가기가 민망했다. 그간 그래도 일을 잘 해왔고, 직위도 있었는데 하필이면 본부장님까지 오시고 전 직원들이 다 있는 월간회의 날 와서 그 소동을 일으킨 것이었다.

그날 이후 되도록 회사에 나가지 않고 바로 외부 강의를 나가거나 일하러 돌아다녔다. 회사 사람들에게 구구절절 내 사유를 변명처럼 늘어놓고 싶지 않았기 때문이다. 쉽게 말할 수도 없는 사안이었고, 말을 하면 생각이 나서 괴로웠다. 아직 그 배신감들에서 벗어나지 못했기 때문이다. 고민 끝에 퇴사를 결정했다. 그래도 자부심이 있고 좋아했던 일이었는데 불미스럽게 회사를 그만두게 되니 여간 속상한 게 아니었다.

새로운 일을 시작하면서 처음 해 보는 분야라 주경야독을 하며 목표를 세우고 열심히 살았다. 아침에는 멀리 있는 회사로 출근해서 미팅하고 저녁 늦게까지 일했다. 살기 위해 평일, 주말 없이 미친 듯이 일을 해대기 시작했다. 생계를 위해서도 돈을 벌어야 했지만, 가만히 있으면 그 배신감의 상처들이 날 쿡쿡 쑤셔대서 고통 때문에 돌아버릴 것만 같았다.

또 아이들에 대한 그리움도 불쑥불쑥 감당하기 어려울 만큼 밀려왔다. 배신감과 그리움, 걱정이라는 3가지 감정의 키워드가 나를 집어삼킬 것 같아서 가만히 있는 게 불안했다. 뭐든 정신없이 해야만 할 거 같았다. 그래서 그런 감정들이 몰려들 때마다 '내 새끼들을 다시 데려오려면, 일단 내가 단단하게 경제적으로 독립해야 해. 내가 바로 강인하게 서야 해.'라며 나를 더욱 몰아붙였다.

낮에는 일하고, 밤에는 운동하고 집에 와서 공부하다가 잠이 들었다. 주말에 틈이 나면 서점에 가서 정신을 다스리기 위해 책을 읽었다. 하루 24시간을 매일 아주 타이트하게 짜서 그대로 생활했다. 불면증이 점점 심해졌다. 침대에 자려고 눕

기만 하면, 침대가 그렇게 크고 넓게 느껴질 수가 없다. 낮 동안 일하며 억눌러 왔던 온갖 부정적인 생각과 감정들이 밤이 되면 스멀스멀 올라오기 시작했다. '셀프 컨트롤' 하기를 한시도 방심할 수가 없다니 이 얼마나 지치는 일인가.

내가 할 수 있는 최선은 감정을 스스로 누르는 것인데 다양한 방법을 시도해봤지만 두 번째 이혼의 진정한 사유가 '외도'라는 것과 그 외도한 상대가 누구라는 걸 알게 된 지 불과 3개월도 채 안 되었으니 그게 뜻대로 잘 될 리가 없었다. 내가 성인聖人도 아니고 어찌 그리 쉽게 용인하고 묵과할 수 있겠는가. 난 매일 밤 내적 갈등과 싸우다가 4시간 눈 감고, 깊은 수면은 1시간 정도만 취하면서 일을 했다.

잠을 못 잔 채 일하는 나날이 지속되면서 결국은 졸음운전 사고가 발생했다. 교통체증으로 40분 넘게 계속 밀리는 퇴근길에 졸음운전으로 상대방의 뒤 범퍼가 나가버리는 사고를 냈다. 분명 난 브레이크를 밟고 있었던 것 같은데 눈꺼풀이 잠깐 감긴 사이에 차가 앞으로 나간 모양이다. 정중하게 사과드리고 사고처리를 한 후, 그 후로 잠을 잘 수밖에 없도록 운동량을 2배로 늘려서 몸을 더욱 피곤하게 만들었다. 졸음운전으로 더 큰 사고를 내서 남에게 피해 줄까 봐 두려웠다.

지금 생각해봐도 그 시기에 나는 '살기 위해 몸부림치는 삶'을 살았던 것 같다. 우리는 '일중독'을 때론 좋게, 때론 나쁘게 해석한다. 직장 입장에서는 '일 중독자'를 반길 것이다. 직원이 그만큼 일에 미쳐 열심히 해주는 것이니 말이다. 그 '일 중독자'의 주변인과 가족들은 그가 참으로 안타까울 것이다. 그렇게 미쳐서 일하느라 주변을 돌아보지 못하고 더 소중한 것을 놓칠 수도 있기 때문이다.

지금까지 내가 워커홀릭으로 살았던 이유는 정말 '존버하기 위함'이었던 것 같다. 모든 에너지를 일에 쏟음으로써 얻게 되는 성과로 고통을 상쇄하고 잊으며 버티고 살아온 것이다. 살다 보니 때로는 '일'이 정말 좋거나 돈 또는 명예를 위해서가 아닌, 일이라도 안 하면 죽어버릴 것 같아서 일하는 사람들이나 말고도 많이 있었다. 이렇게 때로 우리는 살기 위해 미친 듯이 일하고 있다.

3

## 두 번의 이혼이 내게 준 교훈

난 몇 개월간 수시로 자살 충동이 생겼다. 어떻게 하면 죽을 때라도 고통이 덜하게 죽을 수 있을까 고민하면서 시간을 보내는 일도 부지기수였다. 몰려오는 여러 가지 감정들이 주체가 안 되어 너무 힘들었다. 나의 상태는 정상적이지 않았다. 아니 정상적일 수가 없었다.

시간이 날 때마다 일부러 오피스텔 아래 있는 서점에 가서 최대한 책을 많이 읽었다. 주로 심리학, 인문학, 자기 계발 서적을 많이 읽었다. 내가 정상이 아니니 스스로 자가 치유하고 싶었다. 이 수렁에서 벗어나고 싶었다. 그러기 위해 서점에 앉아서 여러 분야의 책들을 읽기 시작했고, 서점은 어느새 나의 힐링 플레이스가 되었다.

책에 집중하니 좋았다. 서점에 가서 책들을 읽다 보니 이렇게 살다가 죽기에는 내가 너무 억울하다는 생각이 들기 시작했다. 난 이제 겨우 42살이다. 100세 시대에, 아니 그 이상을 바라보는 때에 반백 년도 살아보지 못했는데 지금 무너지고 주저앉아버리기에 내 인생은 소중하고 값지다는 생각이 들었다. 나는 나에게 한 치의 부끄럼 없이 최선을 다해 살아왔으나 그 최선의 방향성이 잘못되었었다. 방향과 주체가 잘못됐다면 이제 그걸 바꾸면 될 일이다.

어렸을 때는 멋모르고 부모님이 키워주시는 대로 컸고, 나의 병마와 싸우기 바빴다. 20대에는 처음 내 인생에 들어온 '남자'가 중심인 삶이었고, 30대에는 '남편'이 중심이 되다가, 아이 임신 후부터 지금까지 내 인생의 중심은 '내 자식들'이었다. 임신과 출산을 해 보니 '부모님'의 마음이 이해되어 그분들이 더욱 소중해졌다.

막상 생각해보니 지금까지 내가 내 삶의 중심이 되어 본 적이 없었기에 어떻게 사는 게 나를 주체로 사는 것인지 감조차 잡을 수 없었고 이런 사고 자체가 몸에 안 맞는 옷을 입은 듯 어색했다. 심지어 '이렇게 사는 게 너무 이기적인 건 아닐까?' 하는 우려마저 드는 것이 아닌가.

예로부터 우리나라는 여자들, 특히 '엄마'라는 존재에게 많은 희생을 요구해왔지 않은가. 본디 여자의 삶에서 자신이 주체가 되면 '집안의 빈틈'이 생기는 것은 어쩔 수 없다. 그러면 바로 "엄마가 돼서 뭐 하는 거냐."라며 핀잔을 주변에서 듣게 되는, 여전히 유교적 사고가 잔재해 있는 나라가 한국이다. 자본주의 사회가 되면서 요즘은 그나마 돈이라도 많이 벌어오면 그런 말들을 막을 수 있는 '방패막이'가 된다. 이 둘을 다 하는 '슈퍼우먼'들도 있다. 우리나라 엄마들은 매우 치열하게 살고 있다.

난 '슈퍼우먼'이 될 엄두는 못 냈지만, 핀잔을 듣기 싫었기에 진짜 열심히 일반적인 직장 남성들보다 돈을 많이 벌어왔던 것 같다. 그렇게 열일해서 돈을 벌어오는 건 임시방편일 뿐, 그것이 내가 '나의 삶의 주인'이 되는 것이 아니었다.

여러 해 동안 학부모 대상으로 강의를 할 때, 강의 중에 "여러분의 꿈이 어떻게 되세요?"라고 물어보면 대부분은 "음… 우선 아이들 잘 키워서 대학 보내고요, 결혼시키고 저는 여행 다니면서 살고 싶어요." 혹은 "가족들이 모두 건강하고 무탈하게 잘 지내고…"라는 말로 시작한다. 그분들이 말하는 건 사랑하는 이들에 대한 바람이지 그들의 '꿈'이라고 보기 어렵다. 그러면 나는 "여러분의 인생이지 않나요? 여러분의 꿈이 무엇인지 알고 실행하는 것이 필요합니다. 그럼 중년이 지나 자녀들이 커서도 어머님들 자신의 인생에 대한 허무함, 자괴감도 들지 않을 거예요."라는 말을 그들에게 하곤 했다.

'중이 제 머리 못 깎는다'더니 이런 강의를 해온 나 자신이 정작 그렇게 살고 있지 못했구나 싶어서 참으로 부끄러웠다. 그분들에게 말만 그렇게 하고 나도 똑같이 살아왔네.

이제까지 나의 인생의 진짜 주인공은 내가 아니었다. 그러니 앞선 두 남편이 다 '자식' 또는 '부모'를 볼모로 나를 괴롭혔던 것 같다. 그게 나의 아킬레스건인지 알았으니까.

나는 이제 나를 사랑하기로 마음먹었다. 이미 지난 내 삶에 대해 자책하지 않기로 했다. 비록 이 과정이 쉽게 되지 않겠지만, 자식들에 대해서도 좀 담담해지기로 마음먹었다. 나의 엄마가 두 번째 결혼을 정리하는 과정에서 이렇게 말씀하셨다.

"마음 독하게 먹어. 애들은 결국 엄마한테 돌아오게 되어 있다. 애들 걱정하지 말고, 정작 아이들이 네게 돌아왔을 때 잘 키우려면 엄마인 네가 단단해져 있어야 해."

엄마의 말에 격하게 공감한다. 다만 이제 '단단해지는 과정의 목적'이 아이들 때문은 아니려고 한다. 그냥 '오롯이 나 자신을 위해' 단단해지고 싶다. 이 두 번의 결혼 실패를 통해 나 아닌 '다른 누군가를 위한 삶'은 내가 그 누군가를 잃었을 때 상실감을 느끼다 못해 날 파멸로 이끌 수 있다는 것을 너무 뼈저

리게 느꼈기 때문이다. 그 누구에게도 휘둘리지 않는, 나를 중심에 둔 진짜 내 인생을 살아야겠다. 지금 살아가는 이 인생의 주인공은 바로 '나 자신'이지 않은가.

4

## '적당한 거리'가 필요한 관계

나는 정/수시 입시상담사 공부를 하고 상담 일을 하면서 우리나라 학생들의 현실을 보고 느꼈다. 매년 변화하는 입시에 발맞춰 고군분투하는 학생들도 불쌍하고, 부모도 안타깝다. 수시 상담하러 와서 내 앞에서 부모와 학생이 싸우는 일은 비일비재했다. 부모는 한탄하고 그간 참아왔던 학생은 "누가 이렇게 해 달랬냐?"며 부모에게 화를 내고 부모는 할 말을 잃는다.

우리 역시 부모님의 양육에 만족했었는가? 개인적인 나의 대답은 'No'다. 나는 대학 입학 이후로 독립하고 싶었다. 나뿐만 아니라 동생들도 마찬가지였다. 그때마다 아빠는 "여자가 어딜 이 험한 세상에 혼자 나가서 살아? 안 돼! 결혼하면 나가 살아."였다. 보수적인 할아버지 밑에서 자라신 아빠도 보수적이셨다.

그런 아빠와 재작년에 정말 크게 마찰이 한 번 있었다. 두 번째 이혼 이후 기반을 잡느라 바빠서 아이들 면접일에 정말 오랜만에 아이들을 데리고 부모님 댁에 간 적이 있었다. 그때 나를 바라보는 아빠의 표정은 그리 좋지 않으셨다. 나에 대한 걱정이 크신가 싶어서 아빠와 대화를 하자고 요청하고 함께 안방으로 들어갔다.

난 부모님을 모셔놓고 일부러 더 밝은 목소리로 "아빠 엄마, 저 현재 이런 일을 하고 있고요, 일이 잘 자리 잡히고 있어서 부천으로 이사해서 잘 지내고 있고, 일도 재밌게 하고 있어요. 수입도 안정적으로 들어오고 있으니 걱정하지 마세요. 곧 다시 일어서고 아이들도 데려올 수 있게 할게요." 아빠는 내가 하는 말을 조용히 들으시더니 "난 이제 네가 뭘 하든 관심이 없어. 그러니 굳이 나한테 말 안 해도 돼. 신경 쓰기 피곤하니까." 라고 말씀하셨다.

나는 "아니, 나 잘 지내고 있다고. 엄마, 아빠 걱정하실까 봐 말씀드리는 거예요."라고 애써 웃으며 대답했다. "너 이 서방이 지난번에 말한 것처럼 어디서 무슨 일을 해서 사기나 당하고 빚이나 지고, 이혼이나 당하고. 내가 너한테 할 말이 없어! 관심도 없으니까 너 알아서 살아. 앞으로 나한테 너에 대해 보고하지 않아도 돼."

가슴에 비수가 꽂히는 것 같았다. 지금 다시 일어서기 위해서 애쓰고 있는 건 나인데 왜 내게 못질을 하실까? 난 남편이 돈 갚으라는 말에 처음으로 투자하고 돈을 빌린 거지 그 전에는 어떤 분야의 일이든 정상을 찍을 정도로 일을 잘해왔고, 지금까지 월 수익도 대기업 부장 수준 이상이었다. 게다가 두 번째 남편의 진정한 이혼 사유는 '외도'였단 말이다!

나는 "사실 이 서방 여자랑 바람나서 이혼 강요한 거예요!"라는 말이 목구멍까지 치밀어 올랐으나 아빠가 더 충격받고 행여 지병인 고혈압으로 쓰러지실까 봐 말씀드릴 수 없었다. 난 아빠가 왜 이러시는지 본능적으로 감지하고 방어기제가 올라왔다. "이 정도면 딸과 인연 끊겠다는 거예요?" 아빠는 "그래 인연 끊고 살자. 그게 차라리 나을 것 같다."라고 답하셨다. 나도 오기가 생겨서 "그래요, 그럼! 딸도 셋씩이나 있고 아들까지 있는데 나 같은 부끄러운 딸년 하나 죽어서 없어진 셈 쳐도 상관없겠네! 알겠어요. 내가 다신 안 올게!"라고 울면서 소리치고, 방을 나왔다.

그러자, 손주들을 끔찍이 여기셨던 아빠가 "할애비가 데려다줄게."라고 말씀하시길래 난 버럭 화를 냈다. "아빠가 뭔가 크게 착각하시는 게 있는데요, 이 애들 제 새끼들이에요! 큰딸 없어졌으니 이제 이 손주들도 아빠 손주가 아니지. 아빠 자식인 내가 있어야 내 새끼들도 있는 거야!"라고 쏘아붙이고 아이들의 손을 아빠에게서 뺏고 나왔다.

오는 내내 아이들은 나의 눈치를 보고, 난 운전하면서 참던 눈물이 터져 나와서 사고가 날까 최대한 천천히 운전했다. 아빠의 말에 가슴에 대못이 박혀 너무 아팠다. 지금 가장 힘들고 분한 건 나라고. 난 가정 지키려고 애썼다고. 여자에게 눈이 돌아서 이혼하고 싶어서 안달 난 놈을 어쩌란 말인가. 바람난 상대인 그 여자가 어떤 여자인지까지 아시면 아빠는 정말 쓰러지셨을 거다.

'이렇게 힘들 때 딸을 믿어줘도 부족할 판국에 이혼한 전 남편의 말을 더 신뢰하고, 난 평생을 아빠에게 인정받고 싶어 열심히 살았는데 100번을 잘해도 아무 소용이 없구나.'라는 생각에 그간 열심히 살아왔던 것들이 허망해졌다. 내가 엉엉 울자, 뒷좌석에 앉은 딸이 따라 울기 시작했다. 이게 현재까지 나의 아빠와의 마지막 만남이었다.

난 집에 돌아와서 다짐했다. 나의 자식들과 적당한 거리를 반드시 두어야겠다고. 모든 인간관계가 마찬가지겠지만 특히, 막역한 '가족관계'에서는 더더욱 '적당한 거리'가 원만한 관계 유지를 위한 필수요소인 것 같다. 아빠도 내 두 번의 이혼 때문에 속상하니 화풀이를 하신 것이다. 더불어 아빠가 살아온 시대의 고정관념, 사회적 이목을 생각하니 이런 딸이 수치스러우셨을 것이다. 그 두 번의 이혼으로 죽을 만큼 괴롭고 힘들고, 사회의 불편한 시선을 받을 당사자는 '나'이지 않은가. 그걸 감싸주는 것이 '가족' 아닐까.

믿음, 칭찬, 격려 이 3가지는 사람의 자존감의 중요한 근간이 되는 요소이다. 사회에서 인정받는 것 또한 기분 좋겠지만, 부모의 말이 자녀에게 미치는 영향력은 실로 엄청날 것이다. 내 아이는 나와는 또 다른 개체라는 것을 잊지 말아야 한다.

아빠의 그 날카로운 말이 딸 때문에 속상해서 내뱉은 말이라는 것을 나는 너무 잘 안다. 아빠의 차가운 어조에서 타인의 시선을 의식하고 있다는 것도 알고 있다. 나도 사람인지라 아빠를 이해하기에 지금은 너무 버겁고 힘들다.

사회적인 통념에 있어 나는 일반 사람들의 사고보다 진보적이고, 나만 도덕적으로 떳떳하다면 개의치 않는다. 하지만 아빠는 지극히 그 시대가 추구하는 보편적 관념을 따르시는 분이셨다. 이렇듯 우리 부녀의 시대를 사는 자세의 간극은 매우 컸다.

5

## 내 자존감이 높은 줄 알았다

난 지금까지 자존감이 꽤 높다고 생각했었다. 나의 자존감은 '불균형적인 불안한 자존감'에 불과했다. 난 이 힘든 시기에 지금의 목사님과 성경 공부를 하다가 개종을 했다. 나의 자존감에 대해 다시 한번 생각하게 되었다.

목사님께서는 자존감의 요소인 '가치의 자존감', '능력의 자존감', '소속의 자존감' 이 세 가지가 삼각형을 만들어서 균형적으로 안정을 갖출 때 비로소 자존감이 높은 것이라고 말씀하셨다. 드림웍스 애니메이션 〈보스 베이비〉를 보면 첫 장면에 주인공 아이가 이런 말을 한다. "세상에서 가장 안정된 도형은 삼각형이에요." 세 면의 균형이 잘 잡혀 있기 때문이다.

자존감도 마찬가지이다. 위의 3요소의 균형이 잘 맞춰져서 안정된 삼각형을 이루어야 한다. 나는 지금까지 '능력적 자존감'이 지나치게 높았다. 지금까지 난 '나 자신의 존재 가치에 대한 소중함' 없이 무작정 열심히만 살아온 것이다. 즉 나의 자존감은 '능력감' 한쪽으로 기울어져 균형이 깨진 삼각형이었다.

나는 부지런히, 최선을 다해 살았지만 늘 부족하다고 생각해왔다. 그럴 때마다 날 더욱 채찍질해서 발전시키고 인정받으려 했다. 내 행동의 포커스는 '능력적 성취감과 타인의 인정'에 맞춰져 있었다. 목표를 달성해서 '해냈다!'라는 성취감을 얻고, 그로 인해 타인에게 인정까지 받으면 능력적 자존감이 더욱 커지면서 '나의 자존감이 높다'라고 지금까지 착각하고 살았다.

나에 대한 가치감이 상대적으로 매우 낮다는 사실을 깨닫고 '난 그간 잘못 형성된 자존감을 가지고 살아온 거구나.'라는 생각에 한동안 멍했다. 그래서 내가 이렇게 힘들고 수시로 죽고 싶은 거였다. 내 존재 자체가 소중한지 모르니까. 이런 나에게 가치감에 대하여 생각해볼 수 있는 큰 계기가 생겼다.

당시 나는 함께 일하던 동료이자 연하남에게서 뜬금없는 고백을 받게 되었다. 그는 일 얘기를 하면서 같이 떡볶이를 먹다가, 내게 말했다. "우리 거리를 두는 게 좋을 것 같아요." 갑작스러운 그의 말에 "갑자기 왜요?"라고 물었더니 "리나 씨가 여자로 보이기 시작해서 위험할 것 같아요. 계속 가까이 지내면 안 될 것 같아요." 그의 말에 나는 너무 당황했다. 둘의 나이 차이가 너무 컸고, 나는 그를 늘 좋은 동료이자 친구로만 생각했기 때문이다. 그는 내게 '이성'이라기보다는 인간적으로 정말 좋은 사람이었다.

그날 나의 머릿속이 하얗게 되었다. 내가 지금껏 지켜본 그는 인품이 매우 좋은 사람이었으나 내게는 너무 과분한 남자라 생각되었기 때문이다. 또 그간의 나의 이성 관계를 돌이켜보면 다시 누군가와 인연을 맺는다는 것이 두려운 일이었다. 사람의 앞날을 예측할 수 없기에, 그는 모든 게 처음인 미혼남이고 난 앞으로도 결혼과 임신에 대한 반복된 삶의 계획이 전혀 없다는 것도 고려해야 했다. 고로 우리의 교제에는 한계가 있고, 만약 계속 교제하더라도 그가 많은 것을 포기해야 하는 관계가 될 거라는 결론이 내려졌다.

난 그와 헤어지고 집에 와서 그와 다시 편한 동료 관계로 지내고 싶어서 전화통화로 그에 대한 내 생각, 그가 나에게 느끼는 지금의 그 감정이 사랑이 아닐 수도 있다는 조언도 해주었다. 또한 미래에 대한 나의 단호한 신념과 입장까지도 표명했다.

그는 나에 대한 감정이 헷갈리는 것이 아닌 정확한 이성으로서의 호감이며, 나의 미래의 계획이 본인에게 큰 불편이 되지 않는다고 말했다. 긴 통화를 하고 나니 강단 있고, 부드럽고, 미래지향적이며 유연한 사고를 하는 그와 힘든 이 시기를 함께 하고 싶다는 생각이 들었다.

며칠 더 대화를 나눈 후, 내가 그와 교제하려 할 즈음에 난 바로 그의 어머님을 찾아가 나의 모든 과거사를 말씀드렸다. 전부터 어머님과 일로써 알고 지냈었기에 이 만남에 대한 어머님의 의사를 먼저 여쭙는 게 도리인 것 같았다. 당연히 반대하시리라 예상하고 갔으나 뜻밖에도 그의 어머님은 "내 자식이 좋다는데 지금까지 여자로서 제대로 못 받은 사랑을 마음껏 받아요."라고 내게 말씀하시는 게 아닌가. 전혀 예상치 못한 따뜻한 위로에 눈물이 흘렀다. 그렇게 어머님의 허락을 받고 우린 연인이 되었다. 그는 지금까지 내가 만나보지 못한 새로운 면을 가지고 있는 사람이었다.

어느 날 그가 내게 말했다. "나는 내가 너무 소중해. 나한테 손가락이 열 개 있는 게 너무 신비해. 이런 신체를 갖고 있다는 것도 감사하고, 내 존재 자체에 너무 감사드려."라고. '아니 어떻게 저런 생각을 할 수 있지?' 그의 그런 말은 내게 몹시 낯설었다. 또 평소에 세상의 사소한 것과 주어진 것들에 순간순간 감사할 줄 아는 사람이었다. 시간이 흐르면서 곁에서 보니 그는 웬만한 역경에 흔들리지 않을 만큼 매우 자존감이 강한 사람이

었다. 목사님께서 말씀하신 세 가지 자존감이 아주 고르게 균형 맞춰져 있는 것 같았다. 이렇게 내 옆에 불쑥 나타난 '그'와 목사님과의 성경 공부가 내 자존감에 큰 영향을 주었다.

나는 그동안 왜 '내 능력'에만 치중했을까? 그건 아마 점수와 등수로 평가받는 한국 사회에서 자라왔고, 어려서부터 성인이 돼서까지 부모님께 인정받고 싶었던 그 진한 갈증 때문이었을 것이다.

두 번의 이혼 후, 나는 바닥을 뚫고 지하로 떨어졌다. 삶의 질과 경제적 측면에서는 지금껏 살아오면서 가장 볼품없는 생활이었으나, 오로지 나의 능력만이 날 세워주는 게 아니라는 아주 중요한 지혜를 얻게 되었다. 나는 함께 있는 '그'와 목사님과의 성경 공부를 통해 상대적으로 많이 낮아져 있는 '가치감'을 키워나갔다. 관련 서적을 보며 매일 '나 자신의 존재 가치'에 대한 고민도 많이 하게 되었다. 42살에 자존감이 잘못 잡혀 있었다는 것을 깨닫게 되다니… 분명 전에도 자존감 강연이나 책을 통해 접했을지도 모른다. 다만 사람이 스스로 뭔가를 깨우치는 데에는 이처럼 어떤 치명적 계기가 필요한 것 같다. 그게 빠를수록 좋겠지만, 늦더라도 느끼고 실행하는 것이 중요하지, 그 시점은 그리 중요치 않은 것 같다.

6

## 나를 놓아줘서 고마워

나에게는 '코끼리'라는 30년 지기 베프들이 있다. 우리는 초6에 알기 시작해서 중2 때부터 급격히 친해졌다. 서로 가족과 모든 대소사를 익히 알고 있었고 쭉 함께 중학교, 고등학교, 대학을 거쳐 성인이 돼서까지 인생 전 과정을 함께 보며 자랐다.

중2 청소 시간 때 읽은 어떤 한국 고전에서 친구와의 우정을 알아보기 위해 한 친구가 거짓으로 "친구야, 내가 어쩌다 살인을 하였는데 나 좀 숨겨줄 수 있겠느냐?"라고 묻자 그 친구는 묻고 따지지도 않고 바로 그 친구를 숨겨주었다. 그 고전의 내용이 내게 '절친'의 개념을 심어주었다. 친구라면 내 친구의 모든 허물도 그에 따른 이유가 있을 것이라고 믿고 존중해줘야겠다는 생각이 들면서 나도 나의 절친들에게 이런 벗이 되어야겠다고 마음을 먹었다. 난 우리 5명이 생각하는 우정도 그러리라 생각했다.

내가 두 번의 이혼을 겪고 가장 힘들 당시, 베프들에게 한동안 연락하지 않으려 했다. 친구들과 통화해봤자 내 힘든 얘기만 늘어놓게 될 것 같았기 때문이다. 다들 사느라 바쁘고 힘들 텐데 나까지 그들에게 짐이 되고 싶지는 않았다. 그러다 우리는 오랜만에 연말 송년회를 하기로 했다. 한 2년 만에 친구들을 만나는 거라 난 몹시 들떠 있었다.

9시에 근무를 마치고 친구들을 만나기 위해 설레는 마음으로 발걸음을 재촉했다. 친구들은 먼저 만났고, 늦게 합류한 나는 2차 술자리에서 만났다. 나는 친구들이 어떻게 살고 있는지 근황이 궁금했다. 평소처럼 세상 돌아가는 얘기를 하던 중 친구 Y가 얘기했다. 그녀는 본인의 아이들이 다니고 있는 발도르프 대안학교 내의 학부모들 모임의 한 커플 얘기를 했었다. 이혼해서 엄마 혼자 아이 둘을 열심히 키우고 있는데 그런 그녀를 사랑한 어떤 신부가 그녀를 너무 사랑한 나머지 '신부'라는 직업을 버리고 그녀와 결혼해서 아이들을 함께 키우고 있다며, 그의 희생과 그들의 사랑이 너무 아름답고 숭고하지 않냐고 말했다.

그때 갑자기 맞은편에 앉은 친구 N이 무심코 나에게 한 마디를 툭 던졌다. "야! 너 손에 그 반지 뭐야?"라며 웃으면서 조금은 짓궂은 질문을 시작으로 그녀는 나의 그간 삶으로 화두를 돌리고 싶었던 것 같았다. 나는 "어, 커플링"이라고 솔직히 말했다. 그때 옆에 앉은 친구 Y가 화들짝 놀라며 말했다. "너 이제 다시는! 남자 안 만난다고 했잖아! 커플링이라니! 뭐야?"

이때부터 친구 Y의 질문 세례가 시작되었고 난 이 친구가 내가 걱정되나 싶어 대답했다. 그녀는 도끼눈을 뜨면서 "연하라고? 몇 살 연하인데? 뭐라고? 그럼 몇 살이야? 완전 애랑 사귀네!" 난 점점 기분이 안 좋아졌다. "Y야, 너 어떤 사람인지 만나보지도 않았는데, '걔'라느니 '애'라느니 이런 식으로 말하는 건 좀 아니지 않니? 그래도 내가 교제하는 사람이야."라는 내 말에 Y는 새초롬한 표정을 지었고, 분위기는 싸해졌다.

난 2년 만에 기대하고 만난 나의 베프들과의 송년회 자리를 당장 박차고 일어나고 싶었다. 몇 년 만에 만난 친구들인데 내가 그간 얼마나 힘들었을지 위로해 주거나 내 안부를 묻기는커녕 왜 이렇게 취조당하는 기분이 드는지 가시방석에 앉은 듯 불편했다.

집에 오는 길에 앞서 Y가 얘기한 커플 얘기가 생각났다. 그들의 사랑은 숭고하고 나는 두 번을 이혼했으니 지금 이런 이성 교제가 심각한 문제가 되는 건가? 연하이기에 문제인가? 아니면 이 친구에게는 나 자체가 문제인가?

다음 날 Y에게 전화했고 그들의 사랑과 지금 내 교제가 뭐가 다른지, 오랜만에 만난 나에게 안부를 물었는지, 혹은 내가 왜 이혼하게 되었는지 자세히 아는지 그녀에게 물었다. 그러다가 말싸움으로 번지게 되었다. Y는 "야, 됐고. 우리 이제 서로 연락하지 말고 지내자."라고 말했다. "너 지금 절교하자는 말이니?"라는 질문에 "어! 넌 아주 나쁜 엄마야. 애들한테 미안하지도 않니!"라며 날 비난했다. 난 "너 진짜 많이 변했다. 그래 잘났구나. 부끄러워서 나 같은 친구 어떻게 두겠니? 너한테 빌린 500만 원은 가장 먼저 갚을게. 잘 지내라."라고 말하고 끊었다.

그날 눈물이 계속 나와서 일을 할 수가 없었다. 이후 난 베프 단톡방에서 자발적으로 나왔다. 그들에게 난 그저 '두 번 이혼하고 나서도 남자를 만나는 정신 빠지고 무책임한 애 엄마'로만 느껴지는구나 싶어 연락을 끊어버렸다. 아무리 우리가 그간 서로 바빠서 연락을 못 했다 하지만 이건 아닌 것 같았다. 내 30년의 우정이 모래성처럼 한순간에 무너지는 것 같았다.

*"나의 친구야, 네가 '애'라고 표현한 그 남자는 단순히 13살 어린 연하남이 아니야. 그 남자는 내가 아이들과 부모님*

*을 위해 스스로 재산과 모든 걸 포기하고 맨몸으로 나온 걸 알고 '흔치 않은 희생정신을 가진 여성'이라며 미래를 나와 함께하고 싶다고 고백한 남자야. 그는 나와 함께한 순간부터 그가 번 돈을 전부 주며 함께 내 빚을 하루빨리 갚아서 내 아이들을 데려올 수 있게 노력하자고 말한 사람이야. 내가 아이들에 대한 그리움, 억울함과 분노에 미쳐서 죽고 싶을 때마다 곁에서 나를 붙잡아준 사람이야. 네 친구였던 나는, 난 있잖아. 지금껏 인생을 잘못 살아서 큰 성장통을 겪고 있어, 하지만 앞으로 5년 안에 난 올바로 선, 멋진 사람이 되어 있을 거야."*

난 그 후 그 친구의 돈을 가장 빨리 갚았고 관계를 끝맺었다. 베프와의 문제로 1년 이상 정신적으로 매우 괴로웠다. 함께한 시간이 길었던 만큼, 정리하는 데도 많은 시간이 필요했다. 그로 인해 중요한 걸 얻었다.

인간관계와 시간은 항상 정비례하지 않고, 정말 중요한 건 '서로의 차이를 존중하고 믿어주는 것'이라는 걸. '친구가 잘못된 길을 가면 걱정할 수는 있으나 그의 행동을 본인의 잣대로 판단하지 말아야 한다는 것'을 말이다. 또한 내가 상대를 생각하는 만큼, 상대가 나를 똑같이 생각하지 않을 수 있다는 사실을 배웠다. 나의 2019년은 내가 유독 믿었던 인간관계로 홍역처럼 심한 마음의 병을 앓은 해였다. 그 후, 나는 '진정한 인간관계를 맺는 눈'이 새롭게 열리게 되었다. 너무 늦게 왔지만 내게 정말 필요한 병치레였던 것 같다. 지금 생각해보면 내 손을 먼저 놓은 그녀에게 감사해야 할지 모르겠다. 덕분에 그간의 '나의 인간관계 기준'에 대해 다시금 되돌아볼 수 있는 계기가 되었으니까.

7

## 관계에도 정리가 필요해

약 2년간, 그간 맺어왔던 가까운 사람들과의 인간관계에 의해 심하게 힘들었다. 쌓인 세월과 추억이라는 것이 참 무섭다. 그게 뭐라고 마치 실연당한 것처럼 생각할 때마다 눈물이 핑 도는 건지….

오히려 늦게 시작한 직장생활에서 만난 친구들이 내게 큰 힘이 되어 주고 있음을 느끼게 되었다. 그들은 나의 사정을 다 알면서도 시비를 가리기보단 늘 나에게 응원과 격려를 해주고, 힘들 땐 진심으로 위로해줬다. 때론 더 나은 방향을 조언해 주기도 했다.

새로운 직장에서 고작 몇 개월 함께 일한 나의 상사는 나

보다 훨씬 나이는 어렸으나, 내가 힘들 때마다 묵묵히 큰 힘이 되어 주시는 분이셨다. 내가 베프와 절교하던 날, 차 안에서 혼자 대성통곡하고 있는 나를 보시고는 조용히 커피숍에 데려가셔서 얘기를 들으시더니 "리나 씨, 지금 가장 뭘 하고 싶으세요?"라고 묻길래 난 바다가 보고 싶다고 했다. 나조차도 내 울음소리를 못 들을 정도로 큰 파도 소리를 방패 삼아 시원하게 엉엉 울고 싶다고. 그는 나의 얘기를 듣더니 근무시간 중에 날 차에 태워서 인천 바닷가로 데려가 주었다. 그런 말 듣고 일도 안 될 텐데 실컷 울기라도 하라고, 상사로서 해줄 수 있는 게 이것뿐이라며.

사회에서 이런 분을 만나기도 쉽지 않을 거다. 이런 걸 보면서 인간관계란 결코 알아 온 시간 대비 정해지는 것이 아니라는 걸 또 한번 절감했다. 살다 보면 보면 친구 때문에 힘들어하는 사람들이 나 말고도 많다. "어떻게 그 친구가 나한테 그렇게 말할 수 있죠?!"라며 울면서 하소연한다. 자기를 평생 알아온 친구인데, 꼭 말을 그런 식으로 해야겠냐며….

그것은 우리가 커가면서 상황과 직업, 환경에 따라 가치관이 바뀌기 때문이다. 그런데도 불구하고 나를 알아주는 친구로 남아준다면 고맙겠지만, 생각보다 많은 사람이 부지불식간에 변한다. 지금 나조차도 베프들과의 일을 받아들이고 극복하는 데 1년이 넘는 시간이 걸렸다. 난 사람들이 '그 어긋난 우정'에 너무 의미를 두고 오랜 시간을 괴로워하지 않았으면 한다.

넓게 보면 우리는 매일 새로운 인간관계를 맺고 있다. 모든 인간관계가 다 호의적이진 않지 않은가. 안 지 얼마 안 됐어도 나랑 코드가 잘 맞는 사람이 있는가 하면, 오랜 사이라도 만날 때마다 티격태격 의견 다툼이 있거나 헤어지고 뒷담화를 하는 사람이 있다. 살다 보면 적절한 인간관계의 정리도 필요한 것 같다. 왜 우리는 모든 사람과 잘 지내야 한다고 생각할까? 가끔은 우리의 정신건강과 인간관계의 질적 향상을 위해 '필요한 손절'도 있기 마련이다.

나의 베프와의 일도 마찬가지이다. 그녀는 일찌감치 관계 청산을 먼저 신청하지 않았는가. '그와 손절'을 함으로써 우린 서로의 귀한 시간과 에너지를 아끼고, 그걸 오로지 나를 위한 사람에게 쏟을 수 있게 되었다. 또 그녀로 인해 난 '인간관계'에 대한 관점을 바꿀 수 있었다. 난 이제 그 오랜 베프였던 그 친구에게 서운함과 미움보다는 '감사한 마음'이 든다.

어린 시절 우리는 부모님과 학교 선생님께 늘 이런 말을 듣는다. "친구들과 사이좋게 지내요.", "친구한테 양보하고 배려해야 한다." 우리의 사회와 문화가 일찍이 그리 가르쳤다. 하지만 내 마음이 힘들면서까지 모두에게 잘할 필요는 없지 않을까?

나는 '선택과 집중'이라는 말을 좋아한다. '선택과 집중, 몰입'은 일을 잘하는 데 매우 중요한 포인트이다. 현명한 선택을 하고 그것에 집중과 몰입하는 것. 최고의 결과를 도출하는 방법이다. 나는 이를 비단 '일에만 적용하는 것'이 아닌 인간관계에서도 적용할 수 있을 것 같다. 나의 제한된 에너지를 날 있는 그대로 인정하고 받아들여주는 사람들에게만 써도 시간이 모자랄 것 같다.

그렇다고 마음에 안 들면 단칼에 손절해 버리라는 말이 아니다. 그렇게 극단적인 태도로 굳이 적을 만들 필요는 없다. 기왕이면 서로 좋은 관계를 유지하는 것이 나을 것이다. 왜냐면 사람이라는 것이 나중에 어떤 계기로 어찌 변하고, 어떻게 만날지 모르기 때문이다. 다만 우리의 인간관계 관리 능력에는 한계가 있다고 생각한다. 굳이 모든 사람에게 좋은 사람이 될 필요가 없고, 아니 현실적으로 그렇게 되기도 힘든 것 같다.

유명한 명언 중에 "진정한 친구가 딱 1명만 있어도 성공한 인생"이라는 말이 있다. 1명이란다! 그 정도로 인간관계란 참으로 어렵고 복잡 미묘하다. 아마 대다수가 사회생활에서 사람과의 관계성 때문에 가장 기가 빨릴 것이다. 나는 짧은 이 세상살이, 이제 모든 사람에게 좋은 사람이 되려고 노력하지 않고, 내게 진심인 사람들에게 더 좋은 사람이 되어 주고 싶다.

8

## 재정비하며 다시 갈게요

두 번째 이혼으로 난 많은 것들을 재정비하게 되었다. 특히, 인생 처음 자금 문제로 힘들어지면서 더 명확히 인간관계의 선이 생겼다. 나의 힘든 사정을 알고 돈을 빌려준 친구, 동생, 지인 등 고마운 이들에게 돈을 갚기 위해 부단히 일하고 노력했다. 중간에 너무 힘들어서 한동안 못 갚더라도 미리 연락해서 사정을 알리고 사과했다. 그게 그들에 대한 도리라 생각했다.

그러다가 믿었던 사람에게서 받은 배신과 상처, 자식들에 대한 그리움이 몰려오면, 매일 밑 빠진 독에 물 붓는 듯한 희망 없는 삶이 너무 지치고 힘들어서 또 자살 시도를 하게 되었다. 세상이 내게 죽어라 죽어라 하는 것 같았다. 언제쯤 돈을 다 갚고 모아서 아이들과 행복하게 살 수 있을지 막막했다. '정작 내가 빌려준 내 돈은 돌려받지 못했는데, 난 이 빚을 다 갚아야겠고 언제 다 벌어서 갚을 수 있을까?' 싶은 마음에 내심 속상하고 내 돈을 빌려놓고 깜깜무소식인 인간들에게 울화통이 터졌다.

그때 내 곁에 있어 주었던 지금의 나의 남편의 말에 따르면 나는 이 당시 언제 터질지 모르는 '시한폭탄' 같았다고 한다. 내가 요동치는 여러 격한 감정들을 컨트롤하지 못해서 죽겠다고 난리를 치고, 손목을 긋고, 뛰어내리려 하는 걸 여러 번 그가 붙잡아주었다.

한번은 높은 건물의 난간에 올라섰는데 두렵지도 않았다. 그때 영화 속 CG처럼 눈앞에 금쪽같은 내 새끼들의 두 얼굴이 아른거리는 게 아닌가. '엄마가 이렇게 자살했다는 사실을 알게 되면 아이들이 어떻게 자라게 될까?', 그와 동시에 '아! 내 지인들이 빌려준 돈! 그거 나 믿고 빌려준 건데.' 이 두 가지 생각이 교차했다.

나 참, 어처구니없게 난 '날 믿고 빌려준 지인들의 빚' 때문에 결국 자살하지 못했다. '그래, 죽을 때 죽더라도 빚은 갚고 죽자. 나를 보고 빌려준 돈인데, 죽으면서 남한테 폐 끼치지 말자.'라는 생각에 건물 옥상에서의 투신자살 시도를 마지막으로 두 번 다시 자살을 시도하지 않았다.

하루 4시간씩 자면서 주말 없이 일하고 돈을 갚을 때마다 힘들고, 돌려받지 못한 내 돈 때문에 빌려 간 이들에게 화가 치밀었으나 분명 어떤 방법으로든 그들이 행한 만큼 죗값을 돌려받는 것이 세상의 이치. 일단 잊고 살자 결정했다.

어느 날, 상사가 나에게 면담을 청하셨다. "리나 씨, 지난번에 알아본 심리상담비 얼마예요? 지금부터 제 얘기 부담 갖지 마시고 들어주세요. 제가 상담비 70만 원 빌려드릴게요. 저 그 돈 그냥 못 받는다 생각하고 드리는 거니까 부담 없이 받고 제발 상담받으시면 좋겠어요. 그래 줄 수 있죠?" 그 말을 듣자마자 아무 말도 할 수 없었다. 일하면서 내가 얼마나 위태해 보였으면 이러실까 죄송함과 그 배려에 감사해 상사의 제안을 뿌리칠 수 없었다.

그의 호의 덕분에 나의 목사님과 더불어 또 한 명의 인생 멘토이신 수석심리상담 교수님과 인연을 맺게 되었다. 교수님에게 심리상담을 받으면서 나의 상태는 나날이 호전되었다. 지금은 그 직장을 그만뒀지만 내 인생의 소중한 지인으로 인연을 맺은 나의 전前 상사 덕에 나는 인생을 재정비할 수 있는-돈으로 환산할 수 없는-값진 기회와 인연을 얻게 된 셈이다.

또 목사님과 교수님의 권유로 이렇게 책을 쓸 수 있는

용기도 얻게 되었다. 두 분 모두 항상 날 믿어주시고 응원해주셨다. 내가 얼마나 힘든 삶을 살아왔는지, 혼자서 버텨 온 날 위로해 주시고 내가 앞으로 나아갔으면 하는 방향들을 제시해 주셨다.

내가 인생의 바닥이었던 약 2년 넘는 시기를 지내면서 멘탈을 다잡고 버틸 수 있었던 건, 바로 지금 나의 배우자인 13살 연하의 '그'의 역할이 컸다. 바른 자존감으로 무장한 그가 곁에 있어 나의 자존감 또한 달라질 수 있었다. 그는 늘 내 곁을 지켜주는 '소나무' 같은 사람이었다. 그는 나이가 무색하리만큼 참 성숙하고 좋은 사람이다.

사람이 죽으라는 법은 없는 것 같다. 인간적 배신과 상처로 곪아왔던 나의 과거들은 이후 만난 이 귀한 인연들과 힘들 때마다 진심으로 응원해 준 사회 친구들로 인해 앞으로의 인생을 펼쳐 나갈 힘을 얻게 되었다. 이 모든 분께 온 마음을 담아 감사드리고 싶다.

힘들다며 과거를 그저 잊으려고만 할 게 아니라 상처를 치유하는 것은 매우 중요한 일 같다. 그렇지 않으면 그 상처는 더 깊게 곪아서, 더 크게 터지게 된다. 어떻게든 한번은 터지기 마련이다. 그렇다면 더 큰 상처가 되기 전에 치유하는 게 낫지 않을까? 마음의 상처를 치유하는 것은 부끄러운 일이 아니기에. 나처럼 많은 이들이 힘이 들 때 심리상담을 받고 치유했으면 좋겠다. 나는 이렇게 내 상처를 회복하고 스스로를 단련하고 살다가, 나와 결이 맞는 새로운 인연들을 만나게 되었다. 늘 그들을 통해 많은 것을 배우고 얻음에 감사하다.

# 4장

## 겨울,

매서운 한파를
이겨내고 피어나는
매화는 아름답다

1

## 내 인생의 0순위는 바로 '나'

"제가 왜 사는지 모르겠어요…."

예전에 한 내담자와의 첫 상담에서 그가 뱉은 이 한마디가 상담을 마친 후에도 계속 맴돈다. 그는 매우 우울증이 깊어진 상태였다. 현시대를 살아가는 사람들 10명 중 7~8명이 크고 작은 우울증을 갖고 있다고 해도 과언이 아니다. 급속도로 변화하는 기술과 잔재하는 유교 사상. 그 과도기 속에서 살다 보니, 그걸 맞춰가며 사는 우리는 하루하루가 피곤하다.

우리나라의 도덕 개념들을 보면 대부분 관점이 '타인'에게 맞춰져 있다. 예의, 겸손, 양보, 배려, 희생 등 나를 낮추고 상대를 생각하는 태도를 미덕으로 강조하는 것들이 대부분이다.

이런 걸 어려서부터 익히며 살다 보니 정말 '나 자신'을 돌아볼 일이 많지는 않았던 것 같다.

내가 20대 때 친정엄마가 하신 말씀이 있다. "넌 외국 나가서 살아야 해." 너무 뜬금없었다. 엄마는 "넌 외국 나가서 살고, 남자를 만나도 외국인 만나서 결혼하든가 아니면 평생 결혼하지 말고 엄마랑 둘이 살아야 해."라고 쐐기를 박아 말씀하셨다. 이게 무슨 날벼락인가. 우리 엄마가 내 인생을 미리 단정 짓네. "내가 왜 그래야 하는데? 어서 또 뭔 얘길 듣고 온 거야! 아니 뭐 난 상관은 없는데 뭐 또 꼭 그래야 하는 게 어딨어? 창창한 나이의 딸래미한테 왜 이러셔?" 하고 투덜거렸던 내 모습이 생생하다.

고등학교 시절 자아가 확고했던 시기의 나는 생각을 서슴없이 말하고, 궁금하면 질문하는 것도 망설임이 없는 성격이었다. 내가 하는 질문 때문에 본의 아니게 누군가가 피해를 입을 수도 있다는 생각보다는 다른 친구들도 모르는데 질문 안 하고 있었겠지라는 생각을 했던 것 같다. 아마 엄마는 나의 이런 성장 과정을 보시면서, 내 한국살이(?)가 힘들 거라고 여기신 걸지도.

성인이 되어 사회생활을 하면서 사람들은 질문 많은 사람을 좋아하지 않고, 자기 생각을 말하란다고 소신 있게 말하면

잘난 척하고 나댄다고 수군댄다는 것을 알게 되었다. 그 후로 나도 눈치껏 장소와 때에 따라 조율해 나갔다. 수긍하기 힘들었지만 어쩌겠는가.

내가 정말 힘들었던 건 결혼을 하면서 여자라는 이름으로 '희생과 인내'로 참았어야 했던 많은 부당한 처사들이었다. 아마 엄마는 자기 소신이 강했던 딸이 그 오랜 결혼생활 동안 이 모든 걸 꾹 참고 살아왔으리라 생각도 못 하셨을 거다. 생일날 아침이면 너무 뻔뻔하게 "당근! 남편이 미역국 끓여줬지. 나 낳고 잘 키워줘서 고마워, 엄마!"라고 밝게 말하던 큰딸의 말들이 거짓말이었다는 것을 아시면 가슴 아프시겠지.

나에게 사는 이유를 모르겠다던 많은 내담자와 나 자신에게 이제는 이렇게 말한다. 내가 사는 이유를 모르는 이유는, 여태껏 자기 자신이 아닌 남을 위해 살았기 때문이라고. 이제 내가 뭘 좋아하는지 그것부터 생각해보아야겠다. 아마 너무 오래되어서 생각하는 것조차 힘들 수도 있다. 익숙하지 않아서 그런 생각을 하는 과정이 불편하더라도 꼭 해 보려 한다.

나이가 들면서 주변에 결혼식보다 장례식 횟수가 많아진다. 나도 과거 일들로 인한 극한 스트레스로 마음이 병들었을 때부터 '나도 혹시 아픈 데가 있으면 어쩌지?' 하는 걱정에 건강검진 날짜를 챙기기 시작했다. 왜냐면 나의 남은 생이 보장되는 게 아니라서 혹여 이렇게 참고 살아온 걸 땅을 치고 후회할 거 같아서이다. 내 인생의 0순위는 '나'라는 생각이 이제야 든다.

2

# 후회 없는 인생살이

앞선 고민과 더불어 짝꿍처럼 따라오는 고민이 있다. 바로 '내가 뭘 하고 싶은지 모르겠어요.'라는 것이다. 이 두 가지는 마치 실과 바늘 같다. '꿈, 즉 하고 싶은 것 또는 되고 싶은 것'이 없으니 살아야 하는 이유도 모르는 것이 너무 당연할지도 모르겠다.

20대부터 어학원을 운영하면서 '진로 상담사' 자격증을 취득한 적이 있다. 사실 이 과정을 공부하고 있는 나조차도 나의 꿈에 대해 생각해볼 기회가 없었기에 배우는 동안 나의 진로가 맞는지도 생각해보고 알아가는 것이 즐거웠다. 중, 고등학교 방과 후 필수 과목으로 자리 잡아서 아이들이 제대로 자신의 진로를 찾을 수 있으면 좋겠다고 생각했었다.

막상 대학을 들어가니 대학 입시가 내 12년이라는 인생을 투자할 정도로 인생의 큰 과업이 아니라는 것을 취업난을 통해 느꼈다. 알바라도 하면서 구직할 때까지 버티자는 심정으로 시작한 것이 오늘날 내 학원을 세우는 초석이 되었다. 대학 4년간 중어 중문과에서 공부했는데 막상 사회에 나와서 중국어를 써본 적이 몇 번이나 있었나. 주변만 봐도 전공대로 취업하는 케이스는 그리 많지 않았다. 이렇게 어려서부터 부모에 의해, 학교에 의해서 이미 정해진 루트대로, 하라는 대로 살아왔기에 내가 하고 싶은 게 뭔지 모르는 게 아닐까?

그래서 나는 몇 년 전부터 내가 진짜 좋아하는 게 뭔지 생각하는 '나 자신 들여다보는 시간'을 갖기 시작했다. 나에 대한 '셀프-메타인지Self-Metacognition력'을 키우기 위해 매월 말이면 다이어리에 내가 생각하는 나의 장점과 보완해야 할 점(단점), 내가 좋아하는 것과 싫어하는 것들을 적어 내려갔다. 다만 나의 가치에 대한 중요성을 인식하고부터 달라진 게 하나 있다면 나의 장점을 적을 때 이제 되도록 '능력'에 치중해서 적지 않는다는 것이다. 정말 '나'라는 사람의 본질적인 장점들을 찾아서 적는 것에 집중했다.

이 '메타인지'는 17년 전에 EBS의 한 교육실험을 통해 처음 알게 되었다. 그 프로그램에서는 학습력을 키우기 위한 '메타인지 이론'의 중요성을 소개했는데, 난 이를 심리상담에 적용하기 위해 '셀프-메타인지'로 응용해 사용하기 시작했었다. 당연히 한국에서 태어나고 자란 나도 처음 나에게 이 '셀프-메타인지법'을 사용했을 때에는 장점이 온통 '실력'에 관한 것들로 채워져 있었다. 지금은 '마음이 따뜻하다', '눈물도, 웃음도 많다' 등 소소한 나를 발견하면서 점점 나의 가치적인 면의 장점이 늘어나고 있었다. 다음 달이 되면 전달에 적었던 것과 비교해보기도 했다. 보완해야겠다고 적었던 성격적 단점이 전보다 개선되었는지 점검하고, 또 새로 발견된 성격이나 기질적인 장점은 무엇인지 보면서 나조차도 모르고 살았던 '나'를 알아가는 행복을 느끼고 있다. 매달 변화하는 나를 보고 나라는 사람은 누구인지, 내가 점점 어떻게 달라지고 있는지, 뭘 하면 좋아하는지 숨어 있던 날 알 수 있는 가장 좋았던 방법이 바로 이 '셀프-메타인지법'이었다.

이걸 통해 내가 '춤'을 참 좋아했었다는 것을 알게 되고, 불가능하다고 여겨서 억지로 잊고 살았던 '커버댄스'를 재작년 말부터 운동 삼아 배우기 시작했다. 원래 난 대학 가면 댄서가 되고 싶었을 정도로 춤을 좋아했다. 지금과 달리 고등학교 때는 어른들이 가수와 댄서들을 '딴따라'라며 깎아내리던 시대라서 부모님께 '춤'이라는 건 입도 뻥긋 못 했었다.

코로나로 또 못 추다가 작년 6월부터 다시 배우기 시작했는데, 그간 참았던 원을 풀며 춤을 추는 시간이 너무 행복했다! 체력이 그리 좋지 않음에도 불구하고 배우는 2시간이 순식간에 지나갔다고 느낄 정도로 재미있었고, 가쁜 호흡을 내뿜으며 '아… 그래! 이런 게 사는 거구나.' 하는 생각과 함께 온몸으로 환희를 느꼈다. 40대에 '춤으로 뭐가 될 거야.' 하는 거창한 계획이나 목표 따위는 없다. 그냥 내 삶에 기쁨을 주고 즐기면 그것으로 충분하다!

잭 니콜슨과 모건 프리먼 주연의 〈버킷리스트: 죽기 전에 꼭 하고 싶은 것들〉이라는 영화가 있다. 살아온 삶과 경제적인 상황이 전혀 다른 두 주인공의 공통점은 딱 하나, '죽음'이 머지않았다는 사실이다. 그들은 각자 죽기 전에 하고픈 버킷리스트를 적고 그것들을 하기 위한 모험을 함께 떠난다. 이 영화를 왜 진작 못 봤을까. 남은 삶이 얼마나 소중한지를 절절하게 그려내서 나 역시 내 여생에 대해 소중함을 느낄 수 있었다. 아까부터 왜 자꾸 '남은 인생'을 들먹이냐면 난 내 삶의 마지막이 바로 '내일'일지, 50년 뒤가 될지 예측할 수 없기 때문이다.

지금은 널리 알려진 이 버킷리스트를 꼭 한번 '오롯이 나만 생각'하면서 적어보길 권유하고 싶다. 가족, 자식, 남들 시선

등 다 던져버리고서 말이다. 그에 앞서 선행되어야 할 것이 바로 스스로에 대해 생각하면서 적어보는 '셀프 메타인지'이다. 이것이 내가 누구인지, 혹은 내가 무엇을 하면 행복한지에 대한 해답을 찾을 수 있는 아주 좋은 가이드가 되어줄 것이라 믿는다. 나는 작년 이 책을 집필하는 것까지 포함 총 9가지 정도 나의 버킷리스트를 달성했다. 올해는 내 버킷리스트 중 무엇을 할 수 있을까 하는 설렘에 두근댄다. 모두가 '자신을 위한 설렘과 기쁨'이 충만한 하루하루를 보내는 날이 오기를 바라며….

3

## 생각이 너무 많은 당신에게

요즘은 누구나 살면서 고민할 법한 주제들에 대한 강연들을 쉽게 접할 수 있어서 참으로 좋다. 그중 난 '세바시'나 '사피엔스 스튜디오'와 같은 강연을 챙겨보는 편이다. 세바시의 애청자가 되면서 어느 순간 '나도 세바시에서 내 인생을 통해 얻은 메시지를 많은 이들에게 전하고 싶다.'라는 마음이 생기기 시작했다. 그동안 내가 해왔던 심리상담 사례들과 내 삶에서 얻은 직간접적인 깨달음, 특히 '예비부부수업'과 '예비부모수업'의 필요성, '올바른 자존감과 회복탄성력의 중요성' 등에 대한 메시지를 전달하고 싶다는 소망이 점점 크게 자라고 있었다. 그러자 내 내면의 감정 세포들이 열띤 토론을 펼치기 시작한다.

– 네가 나가서 뭘 말할 건데? 네가 '교수'야? 아니면 '전문가'야?

– 뭐 꼭 박사 과정을 밟아야 강연할 수 있나? 그리고 나도 그동안 많이 공부했고, 임상 사례들도 많잖아. 무엇보다 내 찐 경험도 있으니까 잘 할 수 있어.

– 그래그래. 리나야, 넌 할 수 있어! 그동안 강의도 오래 했잖아.

– 야, 너 이혼 2번 한 현실은 직시하고 있는 거지? 요샌 이혼이 아무리 흠이 아니라지만 한 번도 아니고 두 번이야 두 번!

기성 사회와 문화를 의식하는 '이성'과 내 안의 '소신과 감정'들이 동시다발적으로 머릿속에서 일어나기 시작하면 난 잠을 편히 잘 수가 없게 된다. 딱! 애니메이션 〈인사이드 아웃〉을 떠올리면 되겠다. 그 영화를 보면서 어찌나 남의 얘기 같지 않던지. 이런 주제를 영화로 만든 것에 감탄하며 그 영화를 4번은 봤던 것 같다. 나의 이런 두뇌 속의 논쟁이 뭐 비단 이번뿐이겠는가. 한 가지 판단을 내리기까지 평생 생각이 너무 많았다.

한번은 심리상담 교수님께서 나에게 이런 말씀을 해주셨다.

"선생님, 선생님은 생각이 참 많으시네요. 하나에 대해 정말 여러 경우의 수를 생각하시네요." 이 말이 낯설지 않다. 날 잘 아는 지인들이 내게 하는 말이었기 때문이다. 처음에는 이게 '신중하다'는 뜻에서 좋은 의미라고 여겼다. 그러나 시간이 흐를수록 지나치게 생각이 많다고 느끼면서 이 부분의 강약을 조율해야겠다는 판단이 섰다.

그때부터 나는 '생각 가지치기'를 하기 시작했다. 내가 지금 결정해야 하거나 계획하는 것, 해야 하는 것들을 모조리 적는 것이다. 머릿속의 모든 생각 또는 고민을 죄다 다 털어서 노트에 적고 기준에 맞게 분류 작업에 들어간다. 나의 '생각 가지치기' 방법은 다음과 같다.

*1. 현재 내 머릿속의 생각들을 모조리 노트에 적는다. (순서 무관하게, 떠오르는 대로)*
*2. 쥐어짜도 더는 머릿속에 든 생각(때론 고민)이 없을 때까지 적는다.*
*3. 다 적은 뒤 반대쪽 노트 면에 가로, 세로 선을 이용하여 4사분면을 만든다.*
*4. 사분면 각각에 '중요도'와 '타이밍의 정도'로 타이틀을 다음 5번과 같이 적는다. (때로는 사안에 따라 '내 삶에서의*

중요도'나 '나와 타인들의 생각 비중'으로 나눈다.)

5. 상단 왼쪽(1분면)에는 '시급하고, 아주 중요한 것', 상단 오른쪽(2분면)에는 '나중에 해도 되지만 중요한 것', 하단 왼쪽(3분면)은 '지금 당장 해야 하지만 중요하진 않은 것', 하단 오른쪽(4분면)은 '시급하지도 않고, 중요하지도 않은 것'이라고 타이틀을 적는다.
6. 먼저 적었던 생각들을 각각 카테고리에 맞는 곳에 옮겨 키워드로 쓴다.
7. 생각들을 다 옮겨 적은 후, 일단 4분면에 적힌 생각은 정리해버린다. 지금의 나에게 불필요하고, 급하지도 않은 생각이기 때문이다. 이것들은 나중에 해도 무방하며, 재고의 여부조차도 의문인 잡생각들이다.
8. 2분면은 키핑keeping을 한다. 장기적으로 언젠가는 해야 하지만 시급하진 않으니.
9. 3분면은 자체적으로 또 sorting을 한다. 이 중 반드시 해야 하는 게 무엇인가. 내가 하고픈 '욕심' 말고, 내 시간을 투자할 만한 것인가를 두고 결정해서 욕심에 관련된 생각은 과감히 지운다. 과욕은 늘 또 다른 문제를 불러일으키기 때문이다.
10. 1분면을 제일 먼저 판단 후 실행에 옮기고 나서 3분

*면에서 2차로 걸러진 것을 한다. 시간상 그게 우선이니까.*

이런 식의 생각 가지치기를 하고 나면 내가 가지고 있는 생각의 50%는 없어지고, 남은 약 50%의 일들에 대해 '우선순위'가 결정되니 에너지를 소모하는 일이 현저히 줄게 되었다. 생각보다 불필요한 고민이나 걱정, 하고 싶다는 막연한 욕심에 의한 것들이 많았다. 참 좋은 방법이지만 평생 많은 생각을 하며 살아왔고, 타고난 기질이 있는데 이게 한 번에 뚝딱 잘 될 리 없다. 계속하면서 저절로 생각을 정리하는 연습이 필요하다.

나는 오늘도 '세바시'에서 강연을 해야겠다는 나의 새로운 꿈에 걸친 여러 생각을 '생각의 4사분면'에 분류하여 가지치기 연습을 하려 한다. 머리로만 생각하는 게 아닌 꾸준한 행동으로 언젠가는 습관으로 자리 잡지 않을까.

4

## 슬기로운 인스타그램 생활

바다를 좋아하는 나는 2020년 10월에 그나마 경기권에서 바다가 있는(비록 갯벌이지만) 인천으로 이사를 오고 난 후, 삶이 더 나은 방향으로 많이 바뀌어 갔다. 여러 변화가 있었는데, 그중 하나는 '인스타그램'이라는 SNS 생활 입문이다.

난 매일 사진과 함께 길고 짧은 글들을 올렸다. 이것은 참으로 묘한 소통 창구였다. 마음이 통하는 새로운 인친(인스타 친구)들을 사귀게 되어 좋기도 하고, 내 피드에 반응이 오면 뿌듯하다가도, 시간이 흐르면서 때론 짜증이 나고 스트레스도 되기 시작했다. 나는 이 감정 기복의 원인을 찾기 위해 그간 나의 인스타그램을 훑어보고 지인 중 인스타그램을 안 하는 사람들에게 왜 SNS를 안 하는지 물어보았다.

가장 많은 이유가 "나도 열심히 살고 있는데 다른 사람들의 피드를 보다가 어느 순간 짜증 나고, 내가 한없이 초라하게 느껴져요."였다. 타인과 자기의 삶이 비교되고, 상대적 박탈감이나 열등감이 느껴져서 스트레스가 되는 것이었다. 또 그런 스트레스를 받으면서도 어쩔 수 없이 사회관계 유지 때문에 참아가며 인스타를 하는 사람들도 생각보다 꽤 많다는 것을 알게 되었다.

나는 예전부터 여러 직간접적 경험으로 인스타그램 피드의 내용이나 사진을 온전히 다 믿을 바는 못 된다고 여겼다. 코로나로 사람들의 활동 범위가 줄고 스트레스를 풀던 방법들조차 제약되면서 소통할 곳은 오로지 '온라인 커뮤니티'뿐. SNS 이용자들이 급증하면서 이 '페르소나Persona: 가면, 심리학적으로는 타인에게 보이는 나'에 자아까지 지배당하는 인스타그래머들이 급증하고 있는 것이 현실이다. 그에 따라 피드가 진실이라 여기고 다른 사람들과 자신을 비교하고 스트레스를 받는 사람들도 늘고 있다.

페르소나에 잠식당한 인스타그래머들의 피드가 실상과 다르다는 것은 사실 그리 중요하지 않은 것 같다. 내 계정을 내 뜻대로 꾸미고 운영해나가는 표현의 자유가 있지 않은가. 보여주기 식의 피드를 올리는 이유는 그래야 더 많은 사람들에게 호

웅을 얻는다고 생각하기 때문일 것이다. 사는 건 매한가지 아니겠는가. 나도 오늘 하루 사는 게 힘들어 죽겠는데, SNS에서까지 남들의 힘든 얘기, 우울한 얘기를 보면서 함께 위로하고 공감해줄 긍정 에너지가 남아도는 사람이 과연 얼마나 될까?

모든 건 받아들이는 사람의 자세가 관건이다. 그렇다면 이런 패러다임을 잘 알고 있는 나는, 왜 짜증이 났던 걸까? 나는 인스타그램을 시작한 지 얼마 안 되었으니 당연히 팔로워가 많았을 리 없다. 근데 어느새 내가 이 팔로워 수에 집착하고 의무적으로 피드를 올리고 있는 게 아닌가! 나의 계정 콘텐츠를 고민하면서 계속 바꾸고, 하나의 피드를 올리기 위해 여러 번의 사진 촬영과 영상 편집을 하느라 점점 더 많은 시간을 들이고 있는 내 모습을 발견했다. 이러려고 SNS를 시작한 건 아니었는데 말이다. 나도 결국 타인과 나의 팔로워 수를 비교하고 있던 것이다.

그때부터 난 내 인스타그램 운영의 목적과 정체성이 무엇인지 다시 가다듬고 돌아보았다. 난 내가 어떤 일을 하고자 하는지 SNS를 통해 널리 알리고 싶었다. 그러려면 인친들과 소통하고 노력해야 하는데, 현재의 나는 인스타그램에 시간을 많이 쓸 여력이 정말 없다. 나의 현 상황과 내 마음가짐의 점검을 끝낸 후 바로 다음 날부터 1일 1피드를 집어치웠다. 그랬더니 속이 편해졌다.

지금은 훨씬 더 편한 마음으로 적당히 SNS를 한다. 팔로워 수는 'SNS에 노력하는 자'들이 많이 갖는 것이 인지상정. 그들이 들인 시간과 노력의 결과물이니까. 아우, 이것도 신경 쓰다 보면 진짜 '일'이다. 그냥 난 언젠가 SNS에 집중해야만 하는 타이밍이 오면 내가 할 수 있는 모든 것을 다해 열심히 해야지. 나 자신의 정신건강과 생활패턴을 해하지 않는 선에서, 알아서 피드를 걸러 보고 때론 마음이 맞는 사람들과는 '찐心'으로 소통하는 건 어떨까, 또는 날 위한 편리한 기록용으로 사용하는 '슬기로운 인스타그램 생활'을 해 보는 건 어떨까?

음… 마치 살면서 여기저기서 보게 되는 광고처럼 말이다. 광고는 제품을 최대한 극대화하여 포장한 것이지, 보이는 것이 전부가 아니라는 걸 우리 소비자는 알고 있지 않은가. 눈에 보이는 것을 그대로 믿지 않았으면 한다. 누구에게나 나름의 슬픔과 아픔이 있다. 다만 그것을 티 내지 않는 것뿐이다. 우리 모두가 매한가지의 삶을 산다는 걸 기억한다면 타인의 SNS를 보며 나와 비교하고 괴로워하진 않을 것이다. 현명하게 SNS를 이용하는 요령이 더욱 필요한 요즘이다. 사실 언제부터인가 내가 '인스타그램의 노예'가 된 기분이었는데, 마음을 비우고 내가 원하는 때에 하니 비로소 진정한 SNS의 '유저(사용자)'가 된 것 같아 홀가분하다!

5

## 마음 근육을 단단히 한다는 것

두 번째 이혼 후 목사님을 만나면서 교회와 직장 때문에, 나는 거리가 가까운 부천으로 이사를 왔다. 그곳에서 1년 반을 지내고, 인천으로 이사하는 과정에서 경제적으로 어려움이 있었다. 지금의 남편과 2년간 빚을 함께 갚느라 모아놓은 돈이 거의 없었고, 기존의 보증금에 대출을 받아야 이사할 수 있었다. 이 과정에서 그의 어머님이 돈을 빌려주겠다고 하셨다. 난 둘 다 성인인데 굳이 부모님의 도움까지 받나 싶어 알아서 하겠다고 말씀드리며 거절했다. 어머님께서는 2번을 거절하는 내게 계속 강권하셨고, 우린 마지못해 어머님의 도움을 받게 되었다. 어머님 덕분에 이사를 무사히 하게 되었다.

이사 후, 한 달 반쯤 있다가 이산가족처럼 뿔뿔이 흩어져 살던 나의 딸, 아들이 모두 내 곁으로 오고 싶다고 간청하여 갑작스럽게 아이들을 키우게 되었다. 아들은 6세라 엄마를 몹시 그리워했었고, 딸은 전남편 어머님 치매로 아이가 겪어선 안 될 일을 혼자 감당하고 있었다는 충격적 사실을 아이 심리상담을 통해 알게 되었다. 결국 딸이 아빠에게 가길 격렬하게 거부해서 논의하에 내가 키우기로 했다. 그래서 둘 다 양육권, 친권에 대한 법적 절차를 밟아야 하는 복잡한 상황이 되었다.

대변화가 일어난 것이다. 새로운 일도 정착해야 하는 상황이었고, 아이들은 각자 다른 환경과 다른 기질인 아빠에게서 약 2년을 따로 자라서 둘 다 매우 달라져 있었다. 많은 부분에서 엄마인 나의 손길이 필요한 상태였다. 경제적으로 안정되지 않은 상태였지만 그래도 이 얼마나 꿈에 그리던 일인가! 난 감사히 여기며 아이들을 잘 키우고 싶었다.

계획에 없었던 정신없는 이 혼란기에 어머님께서 나를 대하시는 모습이 전과 달리 싸늘해졌음을 직감할 수 있었다. 난 이상해서 남편에게 어머님이 갑자기 왜 그러신지 알아보라고 부탁했다. 남편은 어머니와 통화를 하고 나서 내게 "그냥 엄마랑 연락하고 지내지 마."라고 했다. 남편은 이유를 말해주지 않으려 했으나 난 남편을 설득해서 결국 듣게 되었다.

어머님께서 어느 날 인스타그램을 시작하시고 내 계정을 찾아보셨다고 한다. 둘이서 알콩달콩 신혼살림을 차리고 살 줄 알았던 우리가, 내 아이들까지 다 함께 지내고 있는 걸 보시면서 놀라고 화가 나셨다고 하셨다. 그때 어머님의 지인이 내가 착한 당신의 아들에게 의도적으로 접근한 게 아니냐는 말을 했다는 것이다. 어머님께서는 그 사람 말에 동요되셔서 아들인 내 남편에게 "너 정신 차려! 너나 나나 리나한테 속았어. 그러니 지금부터라도 정신 차려!"라고 말씀하셨다는 것이었다.

난 100톤짜리 망치로 쾅! 크게 한 대 얻어맞은 기분이었다. "뭐라고? 내가 대체 뭘 속였다는 거야? 내가 무슨 꽃뱀이야? 의도적으로 접근하게!" 난 남편에게 화내기 시작했다. "내가 당신과 어머님에게 뭘 속였는데? 뭘 보고 의도적으로 접근했다는 건데? 2년간 날 봐오신 분이 어떻게 남의 말 한마디에 그런 생각이 드셔? 어머님이 나를 아시잖아! 나 어머님께 내 얘기 다 말씀드리고 어머님이 허락하셔서 우리 사귀게 된 거잖아. 내가 왜 이딴 소리를 들어야 하는데!!! 막말로 내가 돈 버는 능력이 없니?!" 난 격분했고, 배신감이 느껴졌다.

'왜? 내가 내 남편보다 나이가 훨씬 많아서? 내가 애 둘 딸린 이혼녀라서? 그래서 지금 이런 수치스러운 오해를 받아야 하는 건가!' 너무 속상해서 오열하기 시작했다. 어머님은 우리의 관계를 응원해주셨던 정말 좋은 분이셨다.

나는 만감이 교차했다. '만약 내가 나이가 연상도 아니고 이혼녀도 아니었다면, 내가 아이가 없었다면 이런 말을 듣지 않았겠지.' 하는 생각이 드니 씁쓸했다. 사회적 잣대에 K.O 패 당한 기분이 들었다. 난 처음으로 '나의 현 상태'를 가지고 꽤 오랫동안 자기 비하에 빠졌다.

'빌어먹을 인생, 내가 어쩌다 이 지경이 되어서 이딴 오해나 받고 살게 된 거야! 내가 어쩌다 이렇게 됐지?' 자괴감이 들면서 눈이 퉁퉁 부을 정도로 몇 시간을 울부짖었는지 모르겠다.

그때 문뜩 재작년 어느 술자리에서 나의 개인사에 대해 다 아는 한 지인이 술에 취해서 내게 말실수를 했던 게 퍼뜩 떠올랐다. 만취한 그는 지금 내 남편의 사진을 보더니 깜짝 놀라며 "어? 멀쩡하네!"라고 말하는 것이다. 나는 "그럼 멀쩡한 사람을 만나지 누굴 만나냐?"라고 헛웃음을 지으며 말하고 넘어갔으나 마음이 공허했다. 나름 트인 사고를 가진 사람이라고 여겼는데 한국에 살면 결국 별수 없는 건가 싶었다.

그때보다 지금 몇 배로 더 속상한 건 아마 그 대상이 '날 지금껏 예뻐해주셨고, 나 역시 좋아했던 어머님'이기에 그럴 것이다.

한 달 뒤, "난 내 자식이 남의 자식 키우는 꼴은 절대 못 봐!"라고 말씀하시는 어머님과의 마지막 통화 이후, 난 어머님께 톡을 보냈다. "어머님께서 서른 살이 넘은 성인이 된 자식이 여전히 걱정되고 애틋하듯이, 이제 겨우 7살, 11살이 되는 제 어린 자식들이 제게도 소중해요. 저도 어머님과 같은 엄마니까요."라고.

시간이 지나 지금은 어머님의 마음이 어느 정도 이해가 된다. 나도 그녀와 같은 '엄마'이기에. 내 자식이 남의 자식들까지 돌보느라 힘들 생각을 하면 마음이 아플 것이다. 어머님 덕분에(?) 초등학교 졸업 후 잊고 살았던 내 안의 '자격지심'과도 오랜만에 조우하였다.

자본주의 사회에서 돈은 상대에게 '권력'을 행사할 수 있는 도구가 되기도 한다. 만약 어머님께 그 돈을 빌리지 않았다면, 당신 돈까지 빌린 내가 아이를 데려와서 심기를 건들지 않았더라면, 그때도 의도적으로 접근했다는 오해를 받았을까?

우리 커플이 한국에 사는 이상 앞으로도 크고 작은 유사한 일이 생길지 모른다. 아니 코로나로 단절된 생활을 하기에 이 정도이지 아직 본격적 시련은 시작도 안 한 걸지 모른다. 제아무리 당당하고 떳떳할지라도 나 역시 사람인지라 이런 일을 자주 겪으면 괜찮지 않을 것 같다. 앞으로 내가 듣게 될 편견과 선입견으로 가득 찬 사람들의 뒷담화 혹은 직선적인 말에 대하여 이렇게 답하고 싶다.

*'우리는 싱글 남녀로 서로를 진심으로 위하고 사랑한다. 다만 내가 이전 결혼 생활에서 아린 상처가 있고, 그보다 나이가 많을 뿐이다. 범죄를 저지른 것도 아니요, 윤리를 위반한 것도 아닌데 이것이 왜 당신의 비난을 받을 일이란 말인가.'*

이혼율이 전 세계 1위인 한국에 사는 많은 돌싱족들이 '이혼과 아이'라는 단어 때문에 고개 숙이지 않았으면 좋겠다. 누군가는 형제끼리 의가 상하거나, 부모와의 갈등으로 담을 쌓고 살기도 한다. 이처럼 우리는 여러 인간 관계들 중 그 하나에서 실패한 것뿐이다. 이를 바탕으로 앞으로 어떻게 사느냐가 더욱 중요하지 않을까.

6

## 우리는 서로 알아가는 중입니다

엄마의 품이 그리웠던 두 아이들은 앞다투어 나의 사랑을 받길 원했고, 나는 아이들을 보살피며 코로나로 집에서 한 발짝도 나가지 않은 채 지냈다. 아이들은 '엄마! 노이로제'가 걸릴 정도로 서로 나를 불러댔고, 자기만 봐주기를 바랐다. 불행히도 내 몸은 하나요, 눈이 2개밖에 없어서 제한된 실내 공간에서 2년 만에 만난 아이들과 부대끼며 지내는데, 내 능력의 한계가 슬슬 느껴지기 시작했다. 경제적으로도 안정되지 않은 상태에서 아이들이 왔기에 내 마음도 초조했다. 또 어머님과의 일의 후유증이 꽤 컸다.

어느 날 내게 아무렇지 않게 거짓말을 한 딸아이에게 크게 화를 내게 되었다. 전남편의 거짓말하는 모습이 딸아이에게서 보였기 때문이다. 아기 때부터 내가 책으로 키웠고, 책을 좋아하던 딸아이는 아빠가 키우는 2년 사이에 미디어 중독이 되어 나 몰래 유튜브를 본 것이었다.

"엄마가 거짓말 제일 싫어한다고 말했지? 거짓말은 나쁜 거야. 왜 엄마한테 거짓말을 해!"

그걸 시발점으로 쌓여 있던 스트레스와 분노를 표출하고 말았다. 그러면서도 내 안에서는 '진정하자. 애들한테 이 정도로까지 화낼 문제는 아니잖아. 너 너무 과한 거 아니야? 엄마라는 사람이 이럼 안 되지.'라는 소리가 들려왔지만 자제되지 않았다.

딸아이의 거짓말로 과거가 소환되었고, 몇 개월간의 집콕 생활과 최근 시어머님과의 문제까지 쌓였던 화가 폭발해 분노 조절이 되지 않았다. 난 아이들을 다시 불러 앉히고 엄마가 이 정도로 화낼 문제는 아니었는데 미안하다고 말했다. 이미 그 아이들의 마음에 작지 않은 생채기를 남긴 것 같았다. 그들이 이 못난 엄마를 용서할 때까지 눈을 보며 안아주고 사과를 했다. 이 일로 나 자신에게 보통 실망스러운 게 아니었다.

며칠 뒤, 그날의 일을 반추하다가 어머님과의 갈등 이후 날 계속 방임하고 있는 남편에게 물었다. "당신은 왜 날 혼자 놔

뒤? 내 감정이 어떨 거 같아?"라고 말하자 남편은 "나도 기분 나빠. 어쨌든 날 낳아주신 내 부모잖아. 화가 나서 우리 가족에게 막말하는 당신의 얘기를 듣고도 그냥 참는 것이 현재로서는 내가 할 수 있는 최선이야."라고 대답했다.

처음에는 내 감정을 공감해주지 않는 남편의 말에 '역시 이 사람도 결국 팔이 안으로 굽는구나.'라는 생각이 들었다. 냉정을 되찾고 곱씹어보니 그 당시 분노가 치밀었던 내가 그의 가족 얘기가 나오면 예민하게 굴었고, 그의 말대로 복받치는 감정에 필터링 없이 아무 말이나 해댔던 것 같았다. 난 그 부분에 대해 남편에게 사과했다.

"그래. 그래도 자기 가족이고 자길 낳아주신 엄마인데, 내가 화가 난다고 너무 막말했네. 그건 정말 잘못한 거야. 미안해. 근데 내가 이 지경이 되도록 왜 날 계속 혼자 뒀어? 내가 당신과 사랑하면 이런 말까지 들어야 하는 게 너무 억울해. 내가 왜 이런 오해를 받고, 꽃뱀처럼 취급받아야 해? 나 인생 그렇게 살아오지 않았어." 그러자 남편은 이렇게 말했다.

"나도 이런 일이 처음이라 어떻게 해야 할지 몰랐어. 자기가 아무 말도 하지 않길래 난 자기가 시간이 지나서 괜찮아진 줄 알았어."

존 그레이 작가의 『화성에서 온 남자, 금성에서 온 여자』

라는 책이 있다. 그 책을 보면 여자와 남자의 사고가 판이하기에 서로에 대해 오해하고 잘못된 판단을 할 수 있다는 걸 알 수 있다.

어떻게 이 일이 한두 달 만에 괜찮아질 수 있겠는가. 내가 무슨 로봇도 아니고 감정정리가 쉽게 될 리 없다. 거기다 다름 아닌 남편 어머님과의 문제이다. 그러나 그의 "나도 이런 일이 처음이라 어떻게 해야 할지 몰랐어."라는 말을 들으니 그를 이해할 수 있을 것 같았다.

'처음'이라는 것은 우리에게 생소한 것이니 당연히 모를 수 있다. 모르는 건 죄가 아니다. 내가 학생들을 가르치면서 항상 하는 말이 "모르는 건 죄가 아니야. 그러니 모르면 선생님에게 솔직히 말해."였다. 그도 몰라서 샌드위치 속의 햄처럼 중간에 껴서 어찌 대처해야 할지 난감했을 터이다. 그런 그가 내게 사과했다. "당신 혼자 놔뒀다고 느끼게 해서 미안해. 근데 나도 힘들었어. 중간에서 어찌해야 할 바를 모르겠더라. 정말 미안해." 그의 사과는 진심이었다. 우린 그렇게 첫 난관을 헤쳐 나갔다.

우리는 살다 보면 많은 문제와 직면하게 된다. 그때마다 나의 배우자가 내 마음을 다 헤아려주리라 생각하는 건 무리일 것 같다. '인생은 혼자 태어나서 혼자 죽는 것'이라는 말이 있지 않은가. 혼자 태어나서 살다가 서서히 다른 사람과 관계성을 맺어가는 게 인생이니 그 과정에서 크고 작은 마찰들이 있을 수 있겠지. 내가 상대의 마음을 모르듯, 상대 역시 나의 마음을 모를 수 있다. 그럴 때 시간을 두고 이렇게 대화로 풀어나간다면 현명하게 좋은 관계를 유지할 수 있을 것 같다.

상대가 아이이든 성인이든 '적절한 시기의 솔직한 대화'는 서로를 알아가고 좋은 관계를 유지하게 해주는 윤활유가 되어주는 것 같다. 나의 불만 섞인 말에 자존심의 날을 세우지 않고 진솔하게 말해준 나의 남편에게 고맙다. 오늘따라 창밖의 노을이 유독 아름답다.

7

## 너와 나란히 걷는 사이가 되길 바라

코로나로 모두가 힘든 시기를 보내고 있을 때, 내가 가장 힘들었던 건 2년 사이에 너무 변해버린 아이들과 거리를 좁히는 일이었다. 특히 큰 딸아이가 그간 학교 온라인 수업 출석률과 과제 수행률이 저조해서 '유급' 위기라는 걸 담임 선생님과의 통화를 통해 알게 되었다. 하루빨리 이 결손 영역을 보강해야 다음 학년으로 올라갈 수 있다는 얘기를 듣고, 계획표를 짜고 집에서 내가 직접 아이를 붙들고 공부를 시켰어야 했다. 아이도 스트레스, 나도 스트레스, 여간 괴로운 게 아니었다.

하루는 이렇게 몰아붙여서 하는 게 도대체 무슨 의미가 있을까 싶어 아이에게 이런 제안을 했다. "딸! 엄마는 우리 딸이

이 정도로 수업을 안 했는지 몰랐는데, 너 지금 많이 힘들지? 그동안 누군가 널 챙겨줘야 했는데, 넌 혼자였으니 꼭 네 잘못만은 아니야. 하지만 친구들 공부할 때 놀았던 행동의 결과는 어쩔 수 없어. 우리 이참에 엄마랑 같이 3학년을 다시 한번 차분하게 다녀보는 건 어떨까? 엄마가 최선을 다해 도와줄게." 그렇다. 난 내 딸아이에게 '유급'을 종용하고 있는 중이었다.

딸아이는 아주 단호하게 "싫어! 나보다 한 살 어린 애들이랑 다녀야 하고 걔네들이 날 친구로 알 거 아니야."라고 답했다. 예상했던 답안이었으나 생각보다 너무나도 다부지게 자기 의사를 말하는 딸아이를 보며 이 아이에게 사춘기가 빨리 올 것 같다는 직감이 왔다.

난 딸아이의 의사를 따랐다. 아이는 자존심을 지키기 위해 사력을 다했다. 하루의 일정이 1년간 못 한 학습으로 채워지기 바빴다. 그렇게 지내다가 딸아이가 몇 달 만에 아빠를 면접하러 갔다. 아이가 돌아오는 날, 그쯤 시어머님과의 일이 터져서 난 심신이 몹시 아프고 지쳐 있었다. 그래서 딸아이가 3일 정도 아빠랑 더 있다가 오기로 했다.

다음 날 딸아이 온라인 학습 점검 중에 딸이 친구를 집에 데려와서 마스크를 벗고 놀았다는 사실을 알게 되었다. 전남편은 이를 자세히 모르는 눈치였다. 난 학교 선생님에게 일단 알려야 할 것 같아서 딸아이에게 전화해서 그 아이가 누구인지 이름을 알아내서 학교 측에 알렸고, 혹시 모르니 그 아이 엄마에게도 알려달라고 부탁을 했다. 난 딸아이를 다그쳤다. 왜 이렇게 위험한 행동을 했는지. 아빠네 가서 친구들과 놀고 싶어도 지금은 위험하니 조금만 참으라고 말했는데….

그날 이후 난 딸아이와 연락이 되지 않았다. 딸아이는 내 전화도 안 받고, 엄마의 카톡을 읽고 답변이 없었다. 우리 딸이 엄마의 톡을 '읽씹' 한다고? 딸아이의 행동에 당황스러웠다. 난 본능적으로 이 아이에게 사춘기가 왔음을 느꼈다. 어려서부터 험한 일을 많이 당해서 매우 조숙한 아이였다. 딸아이는 상대방에게 이쁨받기 위해 눈치껏 파악하고 알아서 행동하는 아이였다. 이런 게 내 가슴을 먹먹하게 했다. 다 못난 부모의 잘못이다.

나는 전남편에게 딸아이와 통화하게 해달라고 부탁했으나 "너랑 살면서 얼마나 힘들었으면 애가 너한테 안 간다고 하냐? 나도 몰라! 애가 싫대. 얘가 이제 컸는데 내 말을 듣겠니? 앞으로 면접하고 싶으면 애한테 직접 연락해서 아이랑 얘기하고 나한테는 이제 양육비나 보내!"라는 말만 했다. 이제 갓 11살이 된 아이랑 면접을 얘기하라는 말이 양육자한테서 나올 말인가! 딸아이의 연락 거부와 카톡 읽씹은 그 후로도 지속됐다.

난 생전 처음 보는 딸아이의 행동에 크게 놀라서 드러눕고 말았다. 딸아이는 방임하고 키운 아빠의 양육 스타일에 길들어져 버린 것 같았다. 엄마를 만나 행복할 줄만 알았는데 엄마는 동생도 챙겨야 하고, 자기는 하기 싫은 밀린 공부까지 다 해야 하고 미디어에 대한 제약도 많으니 얼마나 힘들었겠는가. 부푼 기대를 안고 엄마랑 살게 되어 좋았는데 아마 그 기대가 무너졌나 보다.

한편으로는 내 지난 세월이 억울해졌다. '내가 널 위해 지난 10년이 넘는 세월 동안 어떤 인생을 감당하며 살았는데 엄마 마음도 모르고 이럴 수 있니… 괘씸한 것!' 물론 이 모든 것은 나의 선택이었으므로 차마 아이에게 말할 수 없다. 아이를 위해 참고 살았던 지난 삶에 대한 억울함이 나를 덮쳐 일주일이 넘게 울며 앓아누웠다. 이러려고 지난 세월 참고 산 게 아닌데…!

여전히 악몽처럼 꿈에 나오는 7년간의 첫 번째 결혼생활! 남편의 폭력과 외도, 시댁의 폭언 등 바람 잘 날 없었던 구역질 나는 내 첫 결혼 트라우마. 더러운 쓰레기 같은 '악연의 시초'인 첫 남편을 내 인생에서 잘라내려면 내 한쪽 팔인 딸아이와의 연을 끊어야 한다. 그러나 딸을 생각하면 차마 그럴 수가 없다.

내 심장이 사방에 못이 박혀 있는 채찍에 의해 마구 채찍

질을 당하는 것 같았다. 난 심장이 갈기갈기 찢어져서 피가 철철 나는 것처럼 극심한 고통을 느꼈다. 엄마 마음을 모르는 딸에 대한 섭섭함, 이럴 줄 모르고 참고 살았던 부질없는 과거 결혼생활과 힘든 기억들이 계속 올라와서 한동안 열병을 앓았다.

그렇게 아빠를 보러 갔던 딸은 2022년 봄꽃이 피는 지금까지도 연락 두절인 상태이다. 부모가 아이의 감정에 페이스를 맞춰야 한다. 이 모든 걸 잘 알면서도 나 또한 내 가정에서는 턱없이 부족한 엄마인가 보다. 요즘 부쩍 이론과 현실의 갭gap이 크게 느껴져서 '그간 내게 고민 상담을 하셨던 그 엄마들의 마음을 잘 공감해드린 것일까? 그분들은 정말 도움이 되셨을까? 잘 지내실까?' 문뜩 궁금하다.

지금은 딸아이가 받아들일 수 없겠지만 엄마인 나의 이 마음만은 꼭 알아주었으면 한다.

*딸… 엄마의 모든 걸 버리고, 엄마의 인생이 무너져도 참고 살았을 정도로, 엄마에게 우리 딸은 말로 표현할 수 없을 정도로 소중한 존재야. 넌 지금까지 엄마가 살아갈 수 있는 이유였어. 앞으로는 우리 사이가 좀 바뀌어야 할 것 같아. 엄마도 마음의 독립을 하려고 해.*

*우리 각자의 인생을 살면서도 서로 응원하고 사랑하는*

*그런 현명한 딸과 엄마가 되어보자!*

*나의 보물, 딸! 비록 지금은 네가 엄마 마음을 헤아릴 수 없겠지만, 진짜 눈물 나게 사랑해!!!*

*엄마 아빠 때문에 자라면서 견디기 힘든 여러 시련들을 겪게 만들어서 너무너무 미안해! 부족한 엄마를 용서해 줘. 미안하고 사랑해…! 우리 딸 미치도록 보고 싶다….*

8

# 인생에도 도슨트가 있다면 얼마나 좋을까

미술관이나 박물관에 가면 '도슨트docent'가 있다. 도슨트는 전시되어 있는 작품에 대해 지식을 갖추고 있어 관람자에게 상세히 설명해주는 안내자이다. 미술 작품들을 구경하는 걸 좋아하는 나는 아이들이 어릴 때부터 유모차를 밀면서 한 손으로는 딸아이의 손을 꼭 잡고 미술관을 데리고 다녔다. 딱 정해진 정답처럼 규정짓는 것이 재미가 없어서 난 아이들과 작품을 보면서 우리만의 상상의 나래를 펼치곤 했다.

지금까지 나의 인생을 보자면 그 굴곡이 엄청난 롤러코스터 같다. 내 인생은 왜 이렇게 고달팠던 걸까. 두 번째 이혼했을 때는 정반대 성향의 남자와의 결혼마저 실패하고 나니 모든 문제가 '나'에게 있었던 게 아닐까 자책을 하게 되었다. 나 때문에 죄 없는 내 아이들만 상처받고, 종국에는 나의 부모님의 가슴마저 멍울지게 한 것 같아서 죄책감에 내 존재의 이유마저 사라졌었다.

두 번째 이혼 시, 남편에게 또 이혼할 수 없다며 당신은 아이들과 부모님께 죄송하지 않냐, 어떻게든 둘이서 잘 살 생각을 해야 하지 않냐는 나의 물음에 그는 이렇게 답했다.

"난 내가 행복하게 사는 게 중요해요."

그 말은 곧, 나와는 불행하다는 말이었다. 두 남자 모두 결국엔 '외도'한 것을 보면서 난 내게도 문제가 있나 보다 싶었다. 시간이 흘러 나를 객관적으로 보니 나는 상대와 다투게 되면 자존심이 전부라는 남자를 말로 뭉개버렸던 것 같다. 그가 나의 자존심을 건드렸기 때문에 나 역시 내가 할 수 있는 논리적인 언변을 무기로 쓴 것이었다. '손바닥도 마주쳐야 소리가 난다'는 말처럼 결국 잘못의 경중은 다르겠으나 결과적으로 나도 잘못이 있었다.

사람은 누구나 행복을 추구할 권리가 있고 누구 때문에 참고 희생하면서 살 필요는 없다. 딸의 문제가 터지면서 '난 무엇을 위해, 왜 그동안 참고 살았을까. 내가 부질없이 살았구나' 싶었다. 나름대로 최선을 다했고, '엄마'라는 이름으로 참고 살았으나 그 결과는 이렇게 처참하다.

곰곰이 생각해보니 누구도 나에게 그런 인생을 살라고 강요한 적이 없었다. 내 가족들은 진작에 첫 번째 남편과 이혼하라고 여러 번 내게 권유했다. 아집을 부린 건 바로 나 자신이다. 그 당시 내겐 삶의 멘토가 없었다. 일과 육아에 치여 아이들 도서 외에 나를 위한 책도 읽지 않았다.

인생에도 '도슨트'가 있다면 얼마나 좋을까? "최리나 씨, 당신이 계속 최선이라 여기면서 고집부리면 이혼 후에도 힘들어질 겁니다. 지금 당장 아이를 위한답시고 결혼할 필요는 없습니다." 혹은 "허울뿐인 가정을 유지하는 게 과연 아이한테 도움이 될까요?"라고 내게 가이드를 해주었다면 두 번째 결혼마저 힘들어지고, 결국 그렇게 아끼던 아이들과 부모님의 가슴을 아프게 하는 일이 없었을 텐데 말이다.

나는 이 모든 것들이 주변의 조언보다는 내 고집을 '소신이라고 착각'하며 살아온 아둔함의 결과라고 판단했다. 아마 이전에도 누군가 분명 나에게 조언을 해주었을 것이다. 내가 귀담아듣지 않은 것이다. 그렇다면 앞으로는 어떤 인생을 살아야 할까?

현재의 나는 인생의 쓰디쓴 실패를 크게 맛본 후, 주변인들의 조언을 귀 기울여 듣기 시작했다. 나의 멘토인 책과 존경

하는 목사님과 교수님 또는 내가 신뢰하는 친구에게 의견을 구하기도 한다. 또한 나의 남편과 대화한다. 그런 후 신중히 판단하고 행동하기 시작했다. 내 주변에서 늘 듣던 "똑 부러진다."라는 말은 내게 '자만'이 되었었다. 지금은 내 판단을 재검하는 습관이 생겼다.

예전과 달리 난 이제 누군가에게 힘들면 힘들다고 말하고, 고민도 털어놓고, 장녀라며 혼자 다 감싸 안고 끙끙대며 버티지 않는다. 고민되는 걸 엄마나 동생과 얘기하기도 한다. 시어머님, 딸아이와의 일들이 모두 같은 해 1~4월 사이에 벌어졌었다. 평소 같으면 혼자 속앓이하고 나만의 기준으로 판단하고 행동했을 것이다. 모든 스트레스는 홀로 다 흡수한 채, 티도 안 내고 말이다. 지금은 내가 신뢰하는 사람들과 논의하며 감정을 풀기도 하고 직언을 구하고 여러 가지 방향을 모색한다. 반년 정도 지나니 나의 마음은 한결 차분해졌다.

인생의 도슨트는 따로 있는 게 아니었다. 내 주위에 전부터 존재했던 '날 아끼는 이들과 책'인 것 같다. 다만 과거의 난 그걸 몰라봤을 뿐이다. 이제 종종 '도슨트'의 도움을 받아보려 한다. 정말 힘들 때, 누군가에게 도움을 청하는 것은 마치 길을 잃었을 때 지도를 보고 찾아가는 것처럼 자연스러운 거니까.

# 5장

# 다시 봄,

# 찬란하게 빛날
# 봄을 꿈꾸다

## 1
## 과거를 현명하게 내려놓는 법

최근에 영화 〈오늘〉을 봤다. 꽤 오래된 그 영화에서는 '용서'라는 개념의 다양한 사례와 정의를 보여준다. 영화를 보는 내내 생각이 너무 많아져서 불편하고 어려웠다. 지금까지 나에게 '용서'라는 말은 받아들이기 힘든 단어였기 때문이었다.

아이들이 왔을 때, 각각의 아빠들과 양육권 및 친권 문제로 의논해야 했다. 둘째 아이의 아빠 같은 경우, 내가 '양육비 포기'를 언급하니 원만하게 친권까지 가져올 수 있었다. 첫째 딸아이의 아빠와는 순조롭지 않았다. 그와의 통화 도중 내가 물어봤다. "너 예전에 날 무릎까지 꿇게 하고 네 발로 내 얼굴을 찍었던 거 기억하니?"라고 물어보자, "내가? 내가 그런 적이 있어? 기억 안 나는데….”라는 그의 말에 난 황당했으나 사실인 것 같았다.

전화를 끊고 곰곰이 생각해봤다. ‘지금 이 모든 걸 나만 기억하며 괴로워하고 있는 건가? 10년이 지났는데 변한 게 단 하나도 없네.’ 상대는 잊고 살고, 나 혼자 10년 넘게 과거에 사로잡혀 괴로워하는 것 같아서 억울하고, 허공에 대고 발길질하는 기분이 들었다. 그때 통화 내용을 옆에서 듣고 있던 남편이 말했다.

“자기야 상대가 정상이 아닌 사람인데 뭘 자꾸 따지고 들어? 자기만 힘드니까 자꾸 얘기하지 마.” 내 남편의 말이 옳다. 근데 내가 왜 이 과거들을 물어봤을까 생각했다.

영화 〈오늘〉에서 내게 푹 와닿은 대사가 있었다. “상처받은 사람들이 괴로운 이유는 용서해 주고 싶은 마음이 있어서래. 그런 마음이 없다면 괴롭지도 않을 거라네. 상대가 그 마음을 조금이라도 끄집어내 주길 바라니까 괴로운 거래.”

난 내게 못 할 짓을 한 사람들을 용서해 주고 싶은 마음이 있었던 것이었다. 그들이 내게 진심 어린 사과를 해주기 바랐던 것 같다. 그러면 난 기꺼이 그들을 용서할 수 있을 것 같았다. 난 그 사람에게 ‘사과’를 받고 싶었으나 죽기 전에나 받을까 말까 하는 인간이라는 걸 알게 되었다.

그럼 둘 중 하나는 바뀌어야 하는데 대화를 해 보니 그게 '나'여야겠다는 생각이 들었다. 과거를 내려놔야지 아니면 평생 혼자 과거에 사로잡혀 '화병火病'으로 죽을 것 같았다. 난 교수님께 도움을 청하고 심리상담을 받으면서 울분을 토해내고 미친 사람처럼 울기 시작했다. 이런 모습의 날 가만히 지켜보시던 교수님이 말씀하셨다.

"선생님, 그렇게 사진처럼 선명하게 피해당한 일들을 기억하면서 어떻게 지금까지 살아오셨나요? 책을 쓰세요. 자신의 얘기를 기억나는 대로 다 서술하세요. 그 방법이 선생님에게 최선의 방법이에요. 책을 쓰는 동안 분명 치유되실 거예요."

책을 쓰라는 말은 날 아껴주시는 목사님께서도 하신 말씀이었다. 목사님이 말씀하셨을 당시 난 책을 쓸 마음의 여유도 상황도 되지 못했고, '나 같은 사람이 무슨 책을 쓰나?' 싶었다. 교수님께서도 말씀하시네. 그때 마음먹었다. '나를 치유하기 위한, 내가 살기 위해 책을 써야겠구나.' 그래서 지금 이렇게 책을 쓰게 되었다.

책을 쓰면서 '용서'라는 것에 대해 깊게 생각해보게 되었다. 누군가로부터 비인간적인 일을 당하면 쉽게 용서되겠는가? 나는 그 부분은 '신의 영역'이 아닌가 싶다. 우린 살다 보면 상식적으로 이해가 안 되는 일들을 주변에서 혹은 뉴스를 통해 자주 접하게 된다. 그때마다 분노하며 살 수는 없을 것이다.

영화 〈오늘〉에서 범죄자로 인해 딸을 먼저 하늘로 보낸 한 엄마가 이런 비슷한 말을 한다. "난 그를 용서했어요. 다만 죗값은 마땅히 치러야죠. 죄는 죄니까요. 다만 내 마음속에 그에 대한 미움을 저쪽 한구석으로 놓았을 뿐이에요. 그러지 않았다면 딸아이가 살아있었으면 아름답다고 느낄 지금의 이런 풍경도 난 느낄 수 없었겠죠."

'죄를 미워하되 사람은 미워하지 말라'라는 말처럼 내가 하는 용서는 그 사람에 대한 마음, 그 '미움'을 접는 것이다. 상대의 뉘우침이나 사과에 대한 어떠한 기대나 바람 없이 그냥 그렇게 내 삶을 사는 것 같다.

그들이 저지른 죄에 대해 마땅히 응당한 대가를 받으리라 생각한다. 고로 그들에 대한 미움이라는 감정만 내 마음속에서 지우면 되는 것 같다. 난 이제 나의 아픈 과거인 그들에 대한 미움, 억울함, 원망들을 저 하늘 위로 날려 보내고, 앞으로의 삶을 힘차게 내디뎌보려 한다. 그게 인간인 '내가 할 수 있는 용서'이자 날 위한 용서니까. 물론 쉽진 않겠지만 나 자신을 위해 그러려 한다.

## 2 '있는 그대로의 나'를 사랑하는 묘약

인생을 살다 보면 자기 자신을 자책하는 경우가 종종 있다. 나도 '나 때문에'라는 생각으로 가장 힘들었던 것 같다. 2년 전에 정말 여러 번 '자살 충동'이 일어났었다. 이 시기에는 아이들에 대한 미안함, 가족에 대한 미안함, 돈 빌려준 분들에 대한 미안함 등 온갖 부정적인 감정들이 걸핏하면 나의 정신을 갉아먹었었다.

그 당시 내게 깊은 영감을 줬던 책이 있다. 배르벨 바르데츠키 작가의 『너는 나에게 상처를 줄 수 없다』이다. 이 책을 접한 건 2020년이었던 것 같다. 난 책을 읽을 때 항상 작가의 프롤로그부터 정독을 하는데 이 책은 프롤로그를 읽을 때부터 엄청 울었다. 뭐랄까. 책이 내 마음을 안다고 말해주고 있는 것 같았다. "자책하지 마, 네 잘못이 아니야. 그 누구도 너에게 함부로 상처를 줄 수 없어."라고 내게 말해주는 것 같았다.

이후 난 휴무 때마다 알라딘 중고서점에서 살았다. 이분의 다른 저서도 찾아 읽고, 각종 심리, 인문학 책들을 찾아 읽기 시작했다. 2019~2020년은 짧은 기간에 가장 임팩트 있게 책을 읽은 시기였다. 읽다가 좋은 문구가 있으면 핸드폰으로 사진을 찍어서 간직하고 틈이 날 때마다 다시 곱씹어 읽곤 했다. 이때는 정말 살기 위해 책과 성경을 붙잡고 살았다.

책들을 읽으며 내가 깨달은 것이 있다. 바로 '있는 그대로의 나 자신을 인정하고 사랑하기'이다. 생각보다 이게 참 힘들었다. 거울을 보며 "넌 소중한 존재야. 사랑해."라고 나 자신에게 말하는 게 어찌나 오글거리고 입이 안 떨어지던지…. 지금은 나 자신을 껴안으며 이 말을 해줄 때가 많다. 수고했다고 토닥인다. '오늘도 수고했다. 열심히 살았다, 애썼어, 그동안 잘 버텨줘서 고맙다, 괜찮아 잘했어.'라며. 사실 어려서부터 앞만 보며 나의 마음을 돌볼 겨를 없이 경주마처럼 살았던 내가, 나 자신을 있는 그대로 인정하고 사랑해준다는 것은 나에겐 커다란 도전 과제나 다름없었다.

두 번째 이혼을 앞두고 있을 때 난 동아줄이라도 잡고 싶은 심정으로 종교가 있으면서도 역학 사주를 본 적이 있다. 부산에서 제일 잘하는 분이라며 소개받았다. 내 이름과 생시를 문자로 보내자 한참 뒤 그분께서 전화를 주셨다. 그분의 첫마디가 “지금 자기 자신을 탓하고 있나요 ? 이 모든 게 다 내 잘못 같죠? 그러지 마세요. 아니니까.”였다. 혼자 방문을 걸어 잠그고 조용히 듣고 있던 나는 이 말을 듣자마자 아이들 때문에 참았던 눈물을 목 놓아 꺽꺽대며 쏟아내기 시작했다. 그간 남편이 이혼을 강요하는 상황을 아이들이 알면 불안할 것 같아 아무렇지 않은 듯 티 내지 않고 참고 살아왔기 때문이다. 그분은 다시 말씀하셨다. “본인 사주에 정해져 있는 걸 어떡해? 본인 잘못이 아니에요.” 단호한 그 말씀이 아직도 선명하게 기억에 남는다.

어쩌면 난 누군가의 위로가 고팠던 게 아닐까? 빈말처럼 느껴지지 않아서, 아니 빈말이었더라도 감사했을 것 같다. 가끔 살다가 내 팔자를 원망하고 싶을 때 이분의 그 말이 기억난다. “본인 잘못이 아니에요.”라는 말. 그게 이렇게 오랫동안 큰 위로가 될 줄이야.

그 후 목사님을 만나 가톨릭에서 기독교로 개종하고 성경을 제대로 공부하기 시작했다. 그리고 지금의 남편과 종종 성경을 같이 읽으면서 어려움을 극복해 나갔다. 책을 가까이 대했다. 밥 먹을 돈만 있다면 중고 서점에 가서 책을 사 왔다. 쉬는 날은 온종일 서점에 앉아서 책을 닥치는 대로 읽어댔다. 그게 내게 큰 버팀목이 되어주었다.

가끔 누군가 내게 물어본다. 인생의 멘토가 누구냐고. 그럼 난 0순위를 '책'이라고 말한다. 현인들의 책은 내게 질문을 던져주고, 현답을 준다. 책을 통해 깨달은 걸 바로 실행에 옮기려고 노력한다. 주변에서 행하는 1일 1독도 대단하고 좋지만, 진짜로 중요한 건 내가 읽은 한 권의 책을 통해 깨달은 것을 언행으로 실천해서 내 것으로 만들 수 있는 '습득 및 실행력'이 아닐까 싶다.

물론 모든 것들을 읽고 느끼는 대로 즉각적으로 소화하고 실행으로 전부 옮기기가 어렵다. 하지만 정말 중요하다고 생각하고 바로 실행하고 있는 것이 하나 있다. 바로 '부족한 내 모습, 나 그대로를 아끼고 사랑하는 것'이다. 그대로의 나를 사랑하지 않으면 다른 사람도 있는 그대로 받아들이기 힘들다. 부족한 내 모습까지도 있는 그대로 인정할 때, 진정한 '가치적 자존감'이 우뚝 서는 게 아닐까 싶다. 그리고 더불어 타인의 부족함이 보여도 포용할 수 있는 이해의 폭도 넓어지는 것 같다.

난 힘든 일이 생기거나, 고된 날이면 거울을 보며 내게 이렇게 말해본다. "리나야, 넌 지금도 충분히 소중한 사람이야. 너에게는 그게 최선이었어. 나는 나를 사랑한다." 매사가 그렇듯 처음 한 번이 어렵지, 두 번, 세 번은 쉽다!

다음은 내게 큰 위안이 되었던 그 책의 맨 끝에 적혀 있던 '지혜를 구하는 기도문'이다. 이 기도문은 내가 위기에 처할 때마다 한 발짝 뒤로 물러나 현명하게 '숨을 고를 수 있는 여유'를 준다.

*신이여, 저에게 내가 바꿀 수 없는 일들을 받아들이는*
*의연함을 주소서.*
*내가 바꿀 수 있는 일들을 바꾸는 용기를 주소서.*
*그리고 하나와 또 다른 하나를 구분하는 지혜를 주소서.*
*신이여, 저에게 시간이 필요한 변화에 대한*
*인내를 주소서.*

*그리고 제가 가진 모든 것을 귀중히 여기게 하소서.*
*다른 어려움을 가진 사람들에 대한 관용을 주시고,*
*그리고 일어나 오직 오늘을 위해*
*다시 노력할 힘을 주소서.*

*-프리드리히 크리스토프 외팅거*

3

## 사랑은 표현할 때, 싹튼다

옛날 TV 속 초코파이 광고 중 매우 인상적인 카피가 "말하지 않아도 알아~ 그냥 바라보면~"이라는 노래와 함께 '정情'이라고 새겨진 초코파이를 상대에게 다정하게 건네는 장면이다. 그러나 광고 속의 그 노래 가사가 현실과는 많이 다른 것 같다고 살면서 느낀다.

얼마 전 저녁 식사를 하고 있는데 갑작스러운 동생의 전화를 받게 되었다. "언니, 놀라진 말고… 엄마가 쓰러지셨거든? 장이 꼬인 건지 배가 너무 아프다고 어젯밤부터 갑자기 그러시다가 엄마가 병원 가고 싶다고 그래서 구급차 불러서 갔는데 수술해야 한대."

이게 무슨 마른하늘에 날벼락 같은 소리란 말인가! 부모님은 지금까지 단 한 번도 수술은커녕 큰 병원에 가신 적이 없다. 엄청난 불안감이 몰려왔다. 매년 나라에서 해주는 국가건강검진 왜 안 받냐고 부모님께 퍼부을 때마다 부모님은 "괜찮아. 건강해."라고 단칼에 끊어버리셨다. 하지만 나는 안다. 연세가 드셔서 내심 '혹시나' 하는 마음에 겁이 나서 피하신다는 걸. '정말 그사이에 무언가 곪고 있었던 건 아닐까? 큰 병이면 어쩌지?' 별의별 생각이 들었다. 핸드폰을 붙잡고 있는 손이 미세하게 떨리고 있는 걸 느꼈다. 가슴이 답답하고 눈물이 마냥 흘렀다.

'우리 엄마 잘못되면 어떡하지? 아직 제대로 효도도 못했는데….'

일단 수술해야 한다니 너무 걱정하지 말라는 동생마저도 걱정하는 눈치였다. 아마 우리 4남매 모두의 마음이 그러하지 않았을까. 난 다시 연락한다는 동생의 전화를 끊고 엄마에 대한 염려에 가만히 있을 수 없었다. 난 무조건 병원을 직접 가봐야겠다 싶어 저녁밥을 먹다 말고 나갈 채비를 하고 있었는데 동생에게 바로 전화가 왔다.

"언니, 오지 마. 나도 병원 가는 길이었는데 차 다시 돌렸어. 코로나 때문에 병실 출입이 안 된대. 지금 딱 한 명만 정해진 시간에 엄마 얼굴 볼 수 있다는데 엄마 지금 수술하러 들어갈 거고, 아빠나 막내가 있을 것 같아. 그러니까 괜히 헛걸음하지 말고 그냥 집에 있어. 또 연락할게."

망할 놈의 코로나! 코로나 때문에 엄마를 볼 수가 없다. 수술하러 들어가신다는 말에 더 애가 탔다. 생전 수술을 받아보신 적이 없는 분이 이제 연세까지 있으신데 혹여 잘못되면 어떡하나 하는 걱정과 두려움이 엄습해왔다. 내가 아닌 다른 사람의 생존에 대한 두려움이 이렇게 클 줄 몰랐다. 바로 다음 날은 중요한 온라인 전체 클래스에서 나의 첫 강의가 있었다. 그런데 일이 손에 잡히지도 않고, 심란하고, 밤에 잠도 잘 안 오고, 새벽까지 넋 놓고 핸드폰만 보고 있었던 것 같다.

'엄마'라는 단어는 참으로 묘하다. 내게 늘 복받치는 감정이 들게 만드는 것 같다. 그런 우리 엄마가 수술을 받는다니…. 그간 엄마와 지냈던 날들, 주고받은 말들, 엄마의 인생을 천천히 회고해 보았다. 우리 엄마는 그렇게 살가운 성품은 아니셨다. 나처럼 수시로 자식들에게 사랑한다고 말해주신 적은 없지만, 우리 엄마는 평생 자식들과 아홉 식구라는 대가족을 위한 집안일을 하시면서 할아버지 돌아가시기 전까지 고생만 하며 사셨다. 내가 중1이었을 때 "너희 아빠를 만나 이 고생이야."라며 방망이로 빨랫감을 내리치면서 힘들다고 내게 신세 한탄을 늘어놓으셨던 엄마의 모습이 기억에 남는다. 그날이 엄마가 처음으로 내게 아빠 험담을 하셨던 걸로 기억한다. 난 너무 뜻밖이었으나 내심 좋았다. '내가 이제 좀 컸나 보다, 이런 푸념이라도 들어드리면 딸로서 엄마에게 도움이 되겠지?' 싶어서 맞장구를 치며 "아이고~ 그러게 누가 결혼하시랬어요？ 우리 미모의 경 여사님. 갑자기 산행은 왜 같이 갔어 그러게. 알지, 울 엄마가 많이 아깝지!" 이렇게 너스레를 떨며 엄마의 말동무가 되기 시작했다. 이렇게 딸들한테라도 털어놔야 속병이 안 걸리시지 싶었다.

그런 엄마에게 첫째 딸이 되어서 여러 번 가슴 아픈 소식만 전해드렸다니 이런 불효녀가 어디 또 있겠는가. 늘 고생하신 부모님께 이제라도 효도하며 살고 싶었는데 엄마가 아프시다니까 더 속상하고 초조했다.

이런 추억에 잠겨있을 때, 엄마의 수술이 끝났고, 원인은 장들이 꼬여 있어서 썩을 뻔했다는 말을 듣게 되었다. 순간 가슴이 철렁 내려앉았다. 진짜로 큰 수술이 될 뻔했던 것이었다. 굉장히 아팠을 텐데 어떻게 참으셨는지 모르겠다는 의사의 말에 속이 터질 것 같았다. '평생 참고 살더니 또 미련하게 참은 거야! 참을 게 따로 있지. 큰일 날 뻔했다는데!'

난 그 후로 자식뿐만 아니라 남편과 주변 지인들에게도

더 자주 내 감정을 표현하게 되었다. 엄마에게도 통화할 때마다 사랑한다고 말하기로 했다. 엄마의 수술이 극단적인 생각까지 미치게 만들자, 살아생전 누군가에게 내 감정을 표현하지 않으면 상대가 몰라서 평생 후회할 것 같았다. 사랑한다, 고맙다, 미안하다, 내가 상대에게 느끼는 감정을 수시로 표현해서 나쁠 게 없을 것 같았다. 나 역시 상대에게 표현해주길 요청했다. 언젠가부터 나만 표현하는 것 같아 서운함이 들었다. 나는 독심술가가 아니라서 표현을 해주지 않으면 상대의 마음을 다 알 수가 없다. 이제는 할 수 있을 때, 내 아이들뿐만이 아니라 모든 사람과 함께 더 많은 '긍정적인 감정 주고받기'를 하려고 한다.

수술 후 엄마가 의식에 깨어나시고 나서 통화할 때마다 "엄마, 사랑해! 건강해야 해!"라고 말하면, 평소처럼 "응, 그래. 알았어~ 들어가."라고 대답하시는 엄마에게 난 "엄마! 엄마도 나한테 사랑한다고 말해줘."라고 말했다. 엄마는 좀 멋쩍어하더니 나직하게 내게 말해주셨다.

"그래, 나도 사랑해!"

엄마 진짜 무지 사랑해! 부디 아프지 말고 오래 건강하게 사세요. 내가 앞으로 잘 살아서 엄마한테 더 잘할게….

4

## 내 삶에 대한 최소한의 예의

나와 아주 가까운 지인, 혹은 마음이 잘 맞는 사람들이 아니고는 사실 대부분이 내가 두 번 이혼한 줄 모른다. 그냥 "아~ 이혼 경험이 있으시구나." 이러고 넘어간다. 주변인들 10의 6~7명이 이혼 또는 이혼 위기를 겪고 있는 것이 현실이다. 물론 여전히 '이혼'이라는 말을 꺼리고 조심스러워하는 사람들도 많다.

나는 두 번 이혼하고, 아이들의 아빠가 각각 다르다는 사실에 크게 의미를 부여하지는 않는다. 그냥 내가 감당해야 할 내 과거이고, 두 소중한 아이의 엄마는 결국 '나 하나'이기 때문이다. 하지만 사회에서 남들이 내 아이들을 어떤 시선으로 볼지 염려되는 건 사실이다. 엄마 때문에 아직 자아가 채 형성되지 않은 어린 내 자식들이 마음의 상처를 입는 건 원치 않는다. 나에 대해 궁금해서 묻는 사람이 있으면 "저 이혼했어요."라는 한마디의 '사실'로 일축했다.

2번째 이혼을 겪고 한 1년간 깊이 자문해보았다. 전혀 다른 두 사람이 똑같이 '외도'를 하게 된 이유를 말이다. 1년 반쯤 되었을 무렵, 예전에는 생각하지 못했던 것들이 보이기 시작했다.

내가 '남편으로서 남자를 얕잡아보는 경향'이 있다는 것을 알게 되었다. 게다가 나는 늘 아빠에 대한 인정욕구가 매우 강했기에 사회적으로 일을 잘해서 인정받고 싶었고, 누구보다도 열심히 일해서 젊은 나이에 큰 성과를 이뤄왔다. 어려서부터 수익이 컸고, 일에서 성취감을 맛보았기에 나는 어떤 일을 하든 잘할 수 있다는 '거대 자신감'을 갖게 되었다. 이것이 그들이 '외도'를 하게 된 원인이었던 것 같다.

첫 번째 남편은 나에게 '남자는 결혼을 하면 철딱서니 없는 애가 되는구나.'라는 첫인상을 강렬하게 심어주었다. 결혼하자마자 시댁에 들어가 살면서 본 그의 모습은 흡사 '초등학생'을 보는 느낌이었다. 꿈꿔왔던 든든한 배우자의 모습이 전혀 없었다. 심지어 연애 때 좋았던 모습은 온데간데없이 사라졌다. 항상 누나들한테 치이고, 상하 수직 관계가 명확한 집안 분위기 때문에 할 말 못 하고, 그 쌓인 분노를 약자인 내게 폭언과 폭력으로 행사하는 것이 어느새 '비겁한 루저'로 느껴졌다. 솔직하다 못해 직선적인 나의 언행들이 남편의 '남자로 인정받고픈 자존감'을 건드렸던 것 같다. 지금 생각해보면 멘탈이 약한 그는 결국 '육체적 힘으로 나를 제압'하여 일말의 자존심을 지키려 애썼던 것 같다. 이것이 내 머릿속에 각인된 '남편'이라는 존재의 모습이었다.

두 번째 남편은 매우 똑똑하고, 차분하고 이해타산이 확실한 사람이었다. 늘 인세 소득으로 삶을 영위하며 적당히 일하며 살고 싶어 했던 그는 젊은 시절부터 부동산을 공부하고 자기 건물들을 소유하고 월세를 받아 가며 유유자적 사는 데 만족했다. 첫 번째 남편의 괴롭힘으로 그와의 관계에 점점 거리가 생겼고, 싸움이 잦아지기 시작했는데 그럴 때마다 그는 나와 말하기 싫다며 자리를 피했다.

표현 방식은 각각의 성향에 맞게 달랐으나, 지금 돌아보면 두 사람 모두 싸울 일이 생기면 나에 의해 '남자로서의 자존감'이 떨어지는 결혼생활을 하게 되었던 것 같다. 나의 경제적 능력과 가르치는 말투가 그들의 마지막 자존심까지 건드렸던 것 같다. 이걸 깨닫기까지 꽤 오랜 시간이 걸렸다.

이 두 번의 이혼으로 나는 능력 때문에 상당히 교만했다는 것과 화가 나면 한심해 보이는 남편의 자존감을 바닥까지 끌고 내려가서 담판이 날 때까지 그의 감정을 들쑤셔놓는 모습이 있다는 것을 알게 되었다. 지금 보니 나도 현명한 아내는 아니었던 것 같다.

지금까지 이 이혼들로 인해 살아온 삶은 매우 처절했으나, 나를 돌아보고 각성할 수 있었다. 그 후 흔치 않은 지금의 좋은 남편을 만났다. 비록 중간중간 그와의 관계 속에서 시행착오는 있으나 그때마다 나의 말투를 조심한다. 습관이 무섭다고 불쑥 함부로 말이 나올 때면 난 그에게 바로 사과한다. 또다시 반성하고 재차 속으로 다짐한다. 어리석게 반복된 실수는 하지 말자고.

지금까지의 삶이 너무 힘들었으나 그로 인해 더 나은 나로 거듭날 수 있음에 감사하다. 또 지금의 남편과 함께 현명한 결혼생활을 할 수 있게 되어 참으로 값진 교훈을 인생의 선물로 받았다는 생각이 든다. 비단 결혼생활뿐만이 아니라 대인관계에서도 크게 달라졌다.

과거를 돌아보고 스스로 인정하고 깨우쳤으니 같은 실수를 범하지 않는 것이 앞으로 내 삶에 대한 최소한의 예의이지 않을까 싶다.

## 5

# 인생의 바닥을 쳤을 때 다시 일어서려면

내가 요새 자주 듣는 질문이 "리나 님은 어떻게 그렇게 힘든 걸 이겨내실 수 있었어요?"이다. 전에는 받아 본 적이 없는 질문이라서 사실 나조차도 이 부분에 대해 깊이 생각을 해 본 적이 없었다. 그리고 극복할 수 있었던 원인이 뭘까 생각해 보기 시작했다.

내가 인생에서 중요하게 생각하는 두 가지가 있다. 바로 '자존감'과 '회복탄성력'이다. '회복탄성력'이란, 물체가 본래의 상태로 돌아가려는 '탄성'이 있듯이, 인간도 힘든 일, 밑바닥을 찍고 나서 다시 원래의 자리 또는 상태로 돌아가려는 힘을 말한다. 즉 '멘탈 회복력'이라고 생각하면 쉽게 이해할 수 있을 것 같다.

난 그간 '능력감에 치우친' 잘못된 자존감을 가지고 살았기에 삶이 순탄하지 않았었다. 그렇다면 내가 혹독한 참사를 여러 번 극복할 수 있었던 이유가 뭘까?

지금은 인생의 동행이라고 여기는 이 간질 때문에 나는 일반적인 친구들과 달리 유년 시절부터 이루 말할 수 없을 정도로 고통스러웠다. 간질로 인한 괴로움을 잊기 위해 여러 방법을 찾아 헤맸었다. 중학교 때는 힘들 때면 클래식 음악을 들으며 책을 읽곤 했는데 기억에 남는 책이 하퍼 리 작가의 『앵무새 죽이기』이다. 처음 읽었을 때 이 이야기가 실화를 토대로 나온 책이라는 사실에 충격을 받았고, 한 번 더 읽은 것 같다. 나 역시 발작이 일어나고 어려서부터 학교생활의 어려움을 겪으며 많이 힘들었던 터라 책의 주인공과 원인은 다르지만 '억울함'이라는 동질감을 느끼고 남의 일 같지 않아 몰입해서 읽은 기억이 생생하다.

그러면서 독서의 재미에 빠지게 되었고, 오 헨리 작가의 『마지막 잎새』를 읽으며 인간 내면의 따뜻함을 느낄 수 있었다. 그 밖에도 현진건 작가의 『운수 좋은 날』을 읽고 주인공 '김첨지'의 삶을 보며 돈이 있으면 뭐 하나 사람이 죽었는데. 이때 '있을 때의 소중함'이 크다는 것을 깊이 새겼다. 지금 생각해보면 학창 시절에 읽었던 여러 책이 나의 가치관 형성에 많은 영향을 주었다.

중학교 시절 너무 힘이 들 때는 내가 멘토라고 생각하는 세계사 선생님과 대화했다. 상담 선생님이기도 하셨던 그 선생님과 대화하면 위안과 다시 일어설 힘을 얻을 수 있었다. 안타깝게도 고등학교 때부터 최근 2년 전까지만 해도 내 인생에는 딱히 멘토가 없었던 것 같다. 그나마 두 번째 이혼으로 그만두기 전에 애정을 가지고 일하던 교육영업회사에서 모시는 직속 상사분이 고민 상담을 해주곤 하셨다. 사실 이때는 멘토가 있었더라도 누구의 말도 잘 듣지 못했을 것이다. 첫 남편 때문에 괴로워서 늘 뭔가에 단단히 미치도록 바삐 살아야 버틸 수 있었으니 주변에서 도움이 되는 얘기를 많이 해줘도 그것들이 귀에 들어왔겠는가.

나의 상황이 힘에 부치고, 그것을 버티거나 극복하기 위해 노력하다 보면 주변에서 날 위해 해주는 '조언'이 곧이곧대로 들리지 않는 것 같다. 분명 나를 위한 말인데 오히려 그 순간은 그 말이 거슬리거나 듣고 그냥 대수롭지 않게 여겼던 것 같다. 누가 뭐래도 이것이 고민 끝에 내가 생각해 낸 상책이라는 확고한 생각과 충돌하기 때문이다. 그리고 지금 이렇게라도 해야 내가 살 수 있을 것 같으니 말이다. 그렇게 살다가 모든 걸 잃고 하루하루 죽음과 사투를 벌이던 42살 봄에 목사님, 심리상담 교수님, 남편과 지혜로운 벗. 이런 좋은 멘토분들을 만나게 된 것이다.

삶의 멘토 여부도 중요하겠지만 가장 중요한 것은 '내가 그 멘토의 조언을 받아들이고 실천으로 옮길 마음 자세인가의 여부'이다.

어릴 적에 우리 가족은 가족 여행을 가면 꼭 등산을 했는데, 고1 때 하산하면서 '올라갈 때가 있으면 내려올 때가 있구나.'라는 생각을 문뜩 했다. 아빠가 내려올 때가 더 위험하기에 정신을 바짝 차려야 한다고 말씀하셨던 것이 기억난다.

인생은 참으로 '등산'과 같다. 하산 시 잘 내려와야 더 큰 사고가 나지 않는다는 것은 우리네 인생과 똑같은 패러다임인 것 같다. 사람이 어떻게 항상 위만 바라보며 올라갈 수 있겠는가? 진짜는 내려올 때의 대처 자세인 것 같다.

20대부터 학생들을 가르치면서 가장 걱정되었던 케이스가 바로 '머리가 뛰어나게 좋아서 대강 적당히 공부해도 전교 1, 2등'을 하는 친구들이었다. 그 상태로 고등학교에 진학하면 한 번 걸러진 고등학교의 쓴 현실을 맛보게 될 것이 뻔했기 때문이다. 결국은 고등학교에 진학해서 그 학생에게 기우했던 일이 터진다. 바로 그때부터가 관건이다. '회복탄성력이 강한 학생'은 현실에 부딪힌 후 정신 차리고 어떻게든 다시 올라가기 위해 노력한다. '회복탄성력이 약한 학생'은 충격받고 현실을 받아들이지 못한 채 의욕이 떨어져서 끝도 없이 추락해버린다.

이럴 때 중요한 건 과거의 나에 취해 있을 게 아니라 지금의 나를 현실로 받아들이고 대처하는 태도라고 생각한다. 살다가 내려올 날은 누구에게나 반드시 있는 것 같다. 아니 내가 살아보니 있더라. 그게 누군가는 좀 잦을 수도 있고, 나처럼 '내려올 데까지 내려왔구나.' 하고 안도의 한숨을 내쉬었는데, 알고 보니 내려갈 곳이 더 있을 수도 있다.

나는 끝난 줄 알았는데 두 번째 이혼의 진짜 사유를 알고 난 후 한동안 소위 말하는 '현타'가 와서 며칠을 넋 놓고 살고, 미친년처럼 울기도 하고 쓰러지고 호흡곤란까지 왔었다. 그렇게 시간이 지나가고 가까스로 정신을 붙잡았다. 이 와중에 스스로 칭찬해줄 건 힘들다고 '술'에 의존하지 않았다는 것이다. 두 번째 이혼 후 술을 마신 건 몇 번의 회식 자리밖에 없다. 그게 내 삶에 딱히 도움이 되지 않을 것 같았고, 지금 내가 지키고 믿을 건, '나'뿐이었고, 나의 건강이 중요했다. 여기서 건강마저 잃어버리면 아무것도 할 수 없고 재기할 수 없다고 생각했다.

처음의 질문에 대한 답을 한다면 나를 다시 일으켜 준 나의 자존감과 회복탄성력의 근원은 '책과 멘토와 지금까지 살면서 형성된 나를 믿는 마음'이었던 것 같다. 내가 말하는 '나를 믿는 마음'은 자신감과는 조금 다른 것 같다. 자신감은 내가 어떤 일을 능력적으로 잘 해낼 수 있을 것 같은 마음이고, '나를 믿는 마음'은 온전히 '나의 존재와 내 안의 힘을 믿는 마음'이니까. 난 또 언제고 무너질 수 있고, 아래로 떨어질 수도 있다. 하지만 나는 그 역경을 또 헤쳐 나갈 수 있을 거라고 '내 안의 나'를 믿는다.

6

## 종이 한 장 차이

'직선적'인 것과 '솔직함', '자신감이 넘치는 것'과 '세 보이는 것', '조언'과 '오지랖' 이것들의 공통점이 무엇일까? 바로 같은 맥락이지만, 강도와 상황의 차이로 상대가 다르게 느낄 수 있는 것 아닐까 싶다.

20대 때부터 직업적으로 강의나 상담을 하며 많은 사람을 대하다 보니, 늘 똑같은 나인데 바라보는 사람들의 관점에 따라 내가 다르게 해석되고 평가되고 있다는 것을 알게 되었다.

학교생활이나 교육 영업 분야에서 일했을 때는 동료들이 나의 첫인상을 "어머! 나는 너 처음에 완전 차도녀로 봤잖아. 일만 하고 차가운 스타일인 줄 알았어. 완전 센 캐로 봤다니까!"라는 말로 설명했다. 반면 심리상담사로 나를 처음 접하신 분들은 “선생님한테는 뭐든 말해도 편해요.”였다.

난 사실 눈물이 참 많고 마음이 여리다. ‘세 보인다’는 말을 들을 때가 종종 있다. 이유가 궁금해서 지인들에게 물어보았다. “내가 세 보여?” 대답은 다 다르다. “자기가 아무래도 주관이 확실하고 강하잖아. 교육을 오래 해와서 더 그렇게 보이는 게 아닐까?”, “네가 확실하고 말투가 똑 부러져서 세다고 느낄 수 있을 것 같아. 그게 뭐 그렇게 다 안 좋은 표현은 아닌 것 같은데….”

알고 보면 속은 같은 내용인데 사람마다 상황에 따라, 첫 만남을 하는 계기에 따라 느껴지는 분위기와 정도에 차이가 있는 것 같다. 누구에게는 호감으로, 누구에게는 비호감으로 와닿는다는 것이다. 그게 딱 ‘종이 한 장 차이’이다.

언제부터인가 이 ‘종이 한 장 차이’의 수위를 조율해야겠다는 생각이 들었다. 30대까지만 해도 난 마이웨이 기질이 강했다. ‘아니 이게 나인걸. 에이, 나중에 나랑 친해지면 진짜 내 모습을 알게 되겠지.’라며 나의 첫인상에 대한 타인의 평가를 그다지 개의치 않았다. 언젠가는 그대로의 나를 받아들여 주리라 생각했다. 그러나 나이가 들면서 모두에게 호감을 얻을 것까진 없더라도 적어도 나라는 사람에 대해 ‘오해’는 안 하도록 노력해보는 것도 필요하겠구나 싶었다.

내가 참 좋아하는 연예인이 있다. 바로 방송인 '유재석' 씨다. 그를 보면 드는 생각은, '한결같다, 어떤 게스트가 나와도, 누구와 공동 호스트를 맡아도 상황에 맞게 참 유연하게 대처한다.'라는 것이다. 그러기까지 얼마나 자기 자신을 모니터링하고 내면 관리를 할까 싶었다. 직업 때문에 말을 많이 하면서도 그의 말에는 늘 신중함이 묻어 있다. 자신의 말의 무게와 책임감을 느끼기 때문이 아닐까 싶다. 그래서 별 구설수 없이 지금까지도 그 자리를 지키는 게 아닐까? 내가 생각하는 이 '종이 한 장 차이의 중도'를 잘 지키며 살아가는 대표적 모범 사례가 아닐까 싶다.

'중도'가 사실 꽤 어려운 일이다. 하지만 사회생활을 하면서 굳이 다른 사람들에게 불편을 줄 걸 알면서도 그걸 무시한 채 고수할 필요가 있을까 싶어, 요새는 강의나 상담 후 피드백을 몇 번씩 곱씹어 읽어보고 최대한 개선하려고 많이 노력한다. 이게 나에게 힘든 게 아니니 그런 노력으로 더 나은 내가 될 수 있다면 기꺼이 해야겠다는 생각이 든다.

이러면서도 이 '종이 한 장 차이'를 깜빡하고 본연의 습성이 나올 때가 있다. 최근에 한 저자 강의를 몸 상태가 안 좋은 상태에서 들었는데, 강의자의 강의 내용이 강의하는 시간의 대부분 본질을 벗어나고 있는 거 아닌가. 순간 내가 지금 아프면서까지 듣고 있는 이 시간이 아깝다는 생각이 들었다. 그 강의자가 이런 말을 했다. "전 젊었을 때부터 강의를 너무 하고 싶었거든요." 그의 말을 들은 그때부터 강의를 경청하며 모니터링을 하기 시작했다. 강의가 다 끝나고 그녀에게 DM으로 상세한 피드백을 보내주었다. 그녀에게 도움을 주고 싶었기 때문이다. 다행히도 그녀는 내 뜻과 나의 피드백에 고마워하셨으나, 며칠 뒤 나는 후회를 하게 되었다. 그건 '오지랖'이었다는 생각이 들었기 때문이다.

'조언'은 상대가 나에게 도움을 먼저 청하거나 내 생각을 구할 때 말해주는 것이지, 열심히 준비한 그는 먼저 요청하지도 않았는데 이런 피드백을 듣고 썩 유쾌하지만은 않았을 것 같았다. 그도 성인이고 사회적 경력이 많은 사람이니, 분명 한두 번의 강의를 거쳐 스스로 느낄 수 있었을 것이다. 굳이 내가 그녀의 첫 강의에 대해 '조언'이라는 명목으로 오지랖을 떨지 않아도 되었을 터인데. '아, 또 실수했네. 미안하다.'라는 생각이 들었다.

이처럼 나는 여전히 실수를 거듭하며 '종이 한 장 차이'를 조율하기 위해 부단히 노력 중이다. 예전에는 '나라는 사람 그 자체', '내 개성'을 인정받고 존중받기를 원했다면, 세월이 지난 지금의 나는 여러 사람의 의견도 받아들이고 다양한 그들의 마음도 품을 줄 아는 더욱 넉넉한 그릇의 사람이 되기를 바란다. 이런 노력이 쌓여서 한 살 한 살 먹다 보면 나도 어느새 제 나잇값을 할 줄 아는 사람이 되어있지 않을까?

# 7
## 사는 게 힘든 당신에게

우리는 종종 "죽겠네."라는 표현을 잘 쓴다. 그것도 여러 상황과 콜라보하며 사용한다. "아~ 배고파 죽겠네.", "피곤해 죽겠네.", "힘들어 죽을 것 같아." 등 생각보다 자주 이런 말을 내뱉곤 한다. 나 역시 '죽을 것처럼 괴로웠다. 죽을 것 같이 힘들었다.'라는 말을 많이 썼고, 실제로 그만큼 힘들었으나 지금 버젓이 살아서 이 글을 쓰고 있다. 참으로 아이러니하지 않은가. 이 정도면 벌써 저세상 사람이 되어 있어야 하는 게 맞는데 말이다.

걸핏하면 죽겠다며 식칼을 가지고 와서 내 앞에서 '자살쇼'를 벌이던 첫 번째 전남편도 지금 본인이 하고 싶은 거 다 하면서 잘만 살아있다. 난 첫 번째 결혼 당시 죽겠다고 난리를 치면서도 결국 죽지 않는 그를 보면서 한 가지 깨달은 게 있다. '진짜 죽을 사람은 죽는다는 소리를 하지 않는다'는 것이다.

얼마 전에 지인의 아는 분이 새벽에 자살하셨다. 지인의 말에 따르면 바로 전날 평소처럼 새벽까지 그분의 집에서 다른 직원들과 다 같이 술을 마시고 헤어졌고, 평소와 다른 분위기를 전혀 느낄 수 없어서 이런 비보를 듣게 될 줄은 1도 예상하지 못했다며 당혹감을 감추지 못했다. 이렇듯 정말 죽을 사람은 죽는다고 말하지 않고 주변에 "나 죽을 거야!"라며 소동을 부리지도 않는다.

나 역시 모든 걸 잃고 가슴에 한恨을 품은 채 빚 갚으려고 미친 듯이 돈만 벌었을 그 당시, 여러 차례 자살을 시도해 보았으나 죽는 게 그리 그렇게 만만한 일이 아니었다. 어쩌면 사는 것보다 훨씬 큰 용기가 필요할지 모른다. 내가 죽지 못했던 이유는 그 와중에도 날 바라보고 아껴주는 사람들 때문이었다.

그 누구 하나 지금 이 결과가 네가 행동한 것에 대한 대가라며 날 탓하거나, 어서 내 돈이나 갚으라며 재촉한 적이 없었다. 그들은 가뜩이나 힘든 내게 짐이 될까 봐 말을 아끼고 늘 나의 입장을 먼저 헤아려줬다. 날 응원해줬다. "너는 이겨낼 수 있어. 넌 할 수 있어. 널 믿어."라고.

세상 별의별 험한 일 다 당하면서도 내가 지금까지 버텨 올 수 있었던 힘은 바로 '날 아껴준 이 사람들'이다. 나 혼자였다면 어찌 되었을지 모르겠다. 단순히 정신력이 강하다는 이유만으로는 살아남기 힘들었을 것이다.

아빠와 마지막으로 대판 싸우고 나서 첫째 여동생과의 통화에서 동생이 내게 말해줬다.

"언니, 지금은 언니가 너무 화나서 내 말이 귀에 안 들리겠지만 언니가 신림동에서 신혼살림 살았을 때, 아빠가 전의 형부가 칼 휘두르는 거 알게 돼서 우리한테는 밤 산책 갔다 온다면서 맨날 언니네 집 앞에서 한참을 서성이다 왔었어. 한겨울 밤에도. 아빠가 말한 게 진심이 아니야. 그러니 너무 상처받지 말라고."

그때는 티를 안 냈지만 처음 알게 된 사실에 나는 콧등이 시큰해졌다. 시간이 흘러 생의 끈을 놓고 싶을 때마다, 정말 내가 죽으면 모든 게 해결되고 내 속이 후련할지 생각해보게 되었다. 내가 이 세상을 뜨면 이 괴로운 삶, 안 겪고 살면 되니 깔끔하게 끝나는 것일지. 내 장례식에서 나의 죽음 때문에 가슴 아파 울고 있을 사람이 단 한 명도 없을지. 어쩌면 딸에게 속상한 마음에 모진 말을 던졌던 우리 아빠가 제일 많이 우시지 않을까 싶다. 엄마를 잃은 내 새끼들도 큰 충격을 받겠지.

사는 게 너무 힘들었을 때, 우연히 드라마 〈눈이 부시게〉를 보게 되었다. 그때 극 중 주연을 맡으신 김혜자 님이 엔딩 장면에서 이런 대사를 읊조리셨다. 이 대사를 듣는데 가슴이 저릿저릿하면서 눈물이 흘렀고, 이 장면을 몇 번이나 반복해서 봤는지 모르겠다.

*내 삶은 때론 불행했고, 때론 행복했습니다.*
*삶이 한낱 꿈에 불과하다지만*
*그럼에도 살아서 좋았습니다.*
*새벽의 쨍한 차가운 공기,*
*꽃이 피기 전 부는 달큰한 바람,*
*해질 무렵 우러나는 노을의 냄새.*
*어느 하루 눈부시지 않은 날이 없었습니다.*
*지금 삶이 힘든 당신,*
*이 세상에 태어난 이상 모든 걸 누릴 자격이 있습니다.*
*대단하지 않은 하루가 지나고,*
*또 별거 아닌 하루가 온다 해도*
*인생은 살 가치가 있습니다.*
*후회만 가득한 과거와 불안하기만 한 미래 때문에*
*지금을 망치지 마세요.*

*오늘을 살아가세요. 눈이 부시게…*

*당신은 그럴 자격이 있습니다.*

*누군가의 엄마였고, 누이였고, 딸이었고,*

*그리고 '나'였을 그대에게…*

*- 드라마 〈눈이 부시게〉 中*

날 생각하는 사람이 오직 단 한 명이라도 있다면 그것만으로도 충분히 살아야 할 이유가 되지 않을까? 난 오늘도 나와 날 사랑하는 이들을 생각하며 용기를 내어 살아가고 있다. 아주 아주 많이 버겁지만, 태어난 이상 나도 이 세상의 눈이 부시게 아름다운 소소함을 누릴 자격이 있으니 말이다.

나 역시 누군가의 딸이자 형제 자매이고,
엄마이자 누군가의 아내,
그리고 어느 누구의 벗이니까.

## 8

# '쉼'의 미학

서점에 즐비해 있는 에세이 책들에서 볼 수 있는 '공통 주제'가 있다. '당신의 인생을 살라, 쉬어도 된다, 싫은 거 억지로 하지 말라, 날 위해 살아라.' 등이다.

알고 보면 그 내용이 그 내용인데 여전히 새로 나온 에세이들이 잘 판매되고 있다는 건 그만큼 사람들이 위로를 받거나 혜안을 얻고 싶기 때문일 것이다. 얼마나 힘들면 읽은 내용을 읽고 또 읽을까? 나의 경험을 빗대어보면 읽었던 내용을 잊을 만큼 괴로워서, 새로운 마음의 토닥임이 필요하기 때문인 것 같다. 뭔가 지금의 내게 신선한 한마디 위안을 던져줄 책이 없을까 싶어 굶주린 하이에나처럼 입맛에 맞는 신간을 찾았던 기억이 난다.

우리는 '쉼'이라는 것에 참으로 인색하다. 지금의 인생에서 왠지 '쉼은 사치'요, 내가 쉬면 남들보다 도태될 것 같다는 불안감에 마음을 졸인다. 그래서 좀 여유를 부릴라치면 고군분투하며 사는 주변인들을 보면서 정신을 부여잡고 스스로를 매질하며 다시 일어선다.

나는 최근 3개월간의 온라인 강의를 마치고 별도의 Q&A를 위한 줌미팅을 가졌다. 열 분 정도로 제한해서 신청자를 받았다. 흥미로운 사실은 이분 중 대다수가 이미 많이 지쳐 있다는 것이다. 좀 쉬시는 게 어떠냐고 권했으나 크게 동하지 않은 듯 보였다. '정말 쉬어도 될까?'라고 생각하시는 것 같았다. 그리고 여전히 자기계발을 위해 달리는 분들이 계시다.

세계에서 머리가 제일 똑똑한 유대인들을 제치는 것이 근면 성실하고 악착같은 한국인이라는 건 전 세계에서 검증될 정도이다. 한국인들의 기술력은 매우 단시간에 집약적으로 발전했다. 그럴 수 있었던 건 끊임없는 노력과 노동이 있기에 가능하지 않았나 싶다.

근데 요새는 일에서 자기계발로 사람들의 관점이 바뀌었다. 자기계발서가 불티나듯 팔리고, 온갖 온라인 강좌와 자기계발 유튜버들의 강의를 쉬면서도 듣는다. 나 역시 일과 자기계발에 힘쓴 '자기계발러'였다. 그러던 내가 지금의 남편을 만나면서 바뀐 게 있다.

'좀 쉬어도 괜찮아. 자기가 하고 싶은 거 해.'라는 그의 말이 은근히 내 마음에 안식을 준다. 나는 지금까지 내 인생이 순탄하지 않았음에도 단 한 번도 일을 놓아본 적이 없었다. 그렇게 멈추지 않는 열차처럼 질주했던 나의 역사를 아는 남편은 늘 내가 "아, 피곤해. 더 자고 싶다."라고 혼자 푸념하듯 말하면 "더 자. 자도 돼. 오늘은 쉬어."라는 말을 아무렇지도 않게 내뱉는다.

처음 그 말을 들었을 때는 꾸역꾸역 일어나면서 지금 내가 자면 어떠한 손실이 발생하는지를 그에게 늘어놓았다. 그런데 내 몸에 이상 신호가 오기 시작했다. 과로와 무리한 업무, 스트레스로 지쳐 쓰러지기 시작하는 것이다. 운동할 시간조차 없었다. 너무 피곤해서 어느 순간 주말에 의도치 않게 낮잠을 내리 4시간 동안 그냥 뻗어서 잠들어 버리곤 했다.

그런 현상이 빈번해지면서 난 나의 스케줄러를 들여다보았다. 거의 살인적인 스케줄이었다. 난 그걸 평생 소화하며 살아온 것이다. 예전에는 하루에 해야 할 일들을 다 해내는 나 자신이 대견하고 뿌듯했는데, 지금의 나는 내가 측은해지기 시작했다. 현진건 작가의 『운수 좋은 날』 속의 주인공 김 첨지의 인생이 떠올랐다. 지금의 난 '김 첨지'와 무엇이 다른가. '이러다 내가 당장 내일 죽으면 너무 불쌍할 것 같아!'라고 내 마음이 얘기하고 있었다.

그래서 그때부터 남편 말처럼 '쉼'을 가졌다. 사람들이 나에 대해 오해하는 게 있다. 나는 '일에 타고난 사람, 즉 일잘러'이며, '일해야 하는 사람'이라는 것이다. 일해야 하는 사람, 평생 자기계발을 하며 사는 사람은 정해져 있지 않다. 나도 사람인지라 노는 거 좋아한다. 다만 지금껏 그렇게 살 여건과 환경이 안 되었고, 살기 위해 일하다 보니 이것이 내 몸에 습관처럼 달라붙은 것뿐이다.

요새는 문뜩 이런 생각이 든다. '내가 좋아하는 음악 들으면서 읽고 싶은 책 읽고, 남편과 여행 다니면서 글이나 쓰며 살고 싶다.' 그때쯤이면 아이들은 자신들이 추구하고 살고 싶은 그들만의 삶을 살고 있지 않을까. 나의 아이들이 스스로 꿈꾸는 삶을 살았으면 좋겠다. 그들의 삶의 리더는 아이들 자신이고 나는 언제까지나 '그들의 지지자'로서 응원할 것이다.

이제 난 매주 토, 일요일은 가급적이면 핸드폰을 하지 않는다. 스마트폰이라는 기기에 내 소중한 시간을 할애하기보다는 가족들과 함께 시간을 보내거나 정말 나 자신을 위해 푹 쉬고 있다. 아이들이 엄마를 찾고 같이 놀자고 하는 날도 몇 년 안 남았다. 곧 커서 자기만의 리그로 빠질 이 녀석들이 첫걸음마를 하고 껌딱지처럼 엄마한테 달라붙었던 게 바로 엊그제 같은데 말이다.

나는 이제 일부러 '쉼'의 시간을 가지려 한다. 그리고 쉬는 동안은 아무 생각 없이 가족과 함께 보내거나 혹은 가끔은 혼자만의 시간을 가지려 한다. 그 무엇도 심신心身 건강보다 중요한 건 없으니 말이다.

Epilogue

# 아직 어른이 되는 중입니다

책을 쓰는 동안 너무 힘들었다. 영혼과 육체를 통째 가루로 갈아 넣는 것 같았다. 그 당시 상황과 감정이 올라와서 누가 죽은 것 마냥 오열하고 울다 지쳐 쓰러졌었다. 진짜 어떻게 이 모든 걸 고대로 가슴속에 담고 지금껏 살아왔는지 나 자신이 신기할 따름이다. 하지만 지난 일들을 생각하면서 이제는 그렇게 눈물이 나지는 않는다. 초고를 쓰고, 5번의 탈고를 하는 동안 날 많이 객관화할 수 있었다. 또 이젠 상처 준 상대들을 미워하고 싶지는 않다. 나 또한 미성숙했고, 잘못이 있었다고 느끼니까. 글을 쓰는 동안 마음이 괴로웠지만, 쓰면서 감정 정리가 되었다. 이 고통스러운 일들 덕에 깨달은 것이 있고, 그것들이 지금의 나를 더 괜찮은 사람으로 만들고 있는 것 같다.

나는 사실 자타 공인 '욕심쟁이'이다. 일을 하나 시작하면 어떻게든 끝을 봐야 하고, 좋은 결과치를 내기 위해 나의 두뇌를 풀가동하며 젖 먹던 힘까지 할 수 있는 최선을 다하는 스타일이다. 이 책을 쓸 때도 역시 욕심 때문에 초반 나의 취지에서 점점 변질되어 가고 있는 나를 보게 되었다. 처음 책을 집필하기로 마음먹었을 때 내 목적은 '오로지 나를 위한 치유'였다. 심리상담만으로 도저히 다 풀어낼 수 없는 내 상처들을 나에 대해 서술해가면서 치료하기 위해 글쓰기를 권유받았다. 글을 기획하는 동안 내 책으로 누군가가 인사이트를 얻고 그의 삶에 긍정적 변화가 일어날 수 있다면 좋겠다는 욕망이 꿈틀대며 비집고 올라오기 시작했다. 그 때문에 중간에 집필하면서 많이 헤맸고, 그 마음을 다잡느라 애를 썼다. '계속 힘을 빼야지, 욕심을 버려야지. 있는 그대로 써야지.' 스스로 되뇌며 글을 써온 거 같다.

집필하면서 오롯이 나의 과거를 회고하는 과정에 집중해야 하는데, 이 또한 '남'을 신경 썼기 때문이 아닐까? 우리는 사람들과 더불어 살면서 본의 아니게 정말 많은 이의 시선에 신경을 쓰게 된다. 특히 '더불어 사는 민족'의 정신을 강조하는 한국 사회는 유독 그렇다. 이렇듯 이 과정 속에서도 '타인'을 의식하고 있었던 나는 글쓰기로 인해 '나에게 집중하는 연습'을 할 수 있었다. 우리는 사는 동안 나와 맞는 사람, 혹은 코드가 안 맞는 사람을 마주하게 될 것이다. 나랑 결이 다른 사람을 대할 때마다 그 사람을 설득하기 위해 노력할 필요도 없고, 기분이 상할 이유도 없다. 서로 가치관이 다른 것뿐이니 말이다. 아마 그는 나와는 다른 환경 속에서 삶을 살아왔고 그의 인생 경험을 베이스로 판단하기 때문일 것이다.

내가 글쓰기 과정에서 얻은 것이 두 가지 있다. 바로 나의 상처 치유-완전히 싹 다 아물지는 않았지만, 꽤 많이 좋아졌다-와 타인의 눈치를 보지 않게 되었다는 점이다. 누군가 나에게 말한다. "자기가 언제 남의 눈치를 보고 산 적이 있어?"라고. 물론, 있고 말고! 과거의 나 역시 인간이라서 이 한국 사회가 주는 분위기와 압박에 신경을 안 쓸 수 없었다. 지금은 다른 이의 시선이 내게 큰 영향을 주지는 않는다. 시시비비를 떠나 '생각의 다름'을 인정하기 때문이다.

이 혹독한 집필 과정을 통해 나는 아직도 어른으로 성장 중임을 느낀다. 여전히 불의나 부당함을 못 보고, 내 의지와 언행이 일치하지 않을 때도 있다. 하지만 20대의 나보다 30대의 나는 성장했고, 30대의 나보다 40대의 나, 그리고 쓰나미 같은 40대 초반의 나보다 지금의 나는 훨씬 정서적으로 안정적이고 성숙해졌으며 사고가 유연해져 있다. 능력보다는 내면이 단단한 내가 되고 싶다. 부족한 나라도 나를 있는 그대로 사랑할 줄 아는 내가 좋다. 남과 나를 비교하지 않고, 타인의 눈치를 보지 않으려 노력을 기울이는 내가 기특하다. 나는 지금도 나은 사람이 되고자 항상 고민하고 실행하는 나를 믿는다. 비록 여전히 빚을 갚고 있지만, 자연을 느끼고 주변을 둘러볼 줄 아는 '마음의 틈새'가 생긴 나를 사랑한다.

영화 '겨울왕국'의 O.S.T 〈Let it go(그냥 내버려 둬)〉라는 노래가 있다. 인생은 늘 우리의 뜻대로 되지 않고, 모두가 내 맘과 같지는 않다. 고로 나의 뜻과 다르게 전개되더라도 그냥 받아들이고 Let it go 하려 한다. 지금의 내가 있을 수 있도록 함께해 주신 분들께 다시 한번 감사드리고 사랑한다고 말하고 싶다. 당신과 나, 우리 삶의 태態는 비슷비슷하다. 당신도 나와 같이 스스로를 보듬고, 그대의 인생을 다정하게 살아갈 이유와 열쇠를 가지고 있다. 그 열쇠의 주인은 다름 아닌 바로 '당신 자신'임을 결코 잊지 않길 바란다. 혹시나 누군가 이 책을 읽고 조그마한 마음의 위안과 살아갈 힘을 얻는다면 참으로 행복하고 감사한 일일 것이다.

마침내 끝마쳤다. 지금 내 눈에서 흐르는 눈물은 날 위한 따뜻한 그리고 살짝 짭짤한 눈물이다.

# 나는 왜 남의 눈치만 보고 살았을까?

펴 낸 날 2022년 4월 15일 초판 1쇄

지 은 이 최리나
펴 낸 이 박지민
책임편집 김정웅
책임미술 롬디
그 림 웨스트윤
마 케 팅 박종천, 박지환

펴 낸 곳 모모북스
서울특별시 동대문구 왕산로81, 203-1호(두산베어스 타워)
전화 010-5297-8303 팩스 02-6013-8303
등록번호 2019년 03월 21일 제2019-000010호
e-mail pj1419@naver.com


ISBN 979-11-90408-23-3 03810